David fasst sich ein Herz

*Eine Mut-Mach-Geschichte*

Rita Eberz

# David fasst sich ein Herz

Eine Mut-Mach-Geschichte

ch.falk-verlag

## Über die Autorin

Es ist schon eine Weile her, dass diese Geschichte „das Licht der Welt" erblickte.

Als die Kinder noch klein und nach einem lebhaften Tag abends endlich im Bett lagen und Rita Eberz ein wenig Zeit für sich selbst fand, schrieb sie sich diese Geschichte von der Seele. Oder vielmehr, die Geschichte schrieb sich selbst. Sie war einfach da. Von Rita E. entlieh sie sich deren tiefes Einfühlungsvermögen in das „Innenleben" der Menschen, sowie ihre künstlerische Ausdrucksstärke, mit der sie nicht nur die Worte formte, sondern auch gleich noch die Bilder dazu erschuf.

Inzwischen sind Jahre vergangen, die Kinder groß, ein Berufsleben im sozialen Bereich beendet und – wie es der „Zufall" so will – die Geschichte von David wieder aufgetaucht, um endlich an die Öffentlichkeit zu gelangen und vielen anderen Menschen dabei zu helfen, sich selbst besser verstehen zu lernen.

Kontakt: ritas-welt@gmx.net


Originalausgabe
© ch. falk verlag 2023

Covergestaltung: Rita Eberz und Fotoweitblick, Lichius, Bad Aibling
Illustrationen: Rita Eberz
Satz: Stückle Druck, Ettenheim
Druck: Wemaprint, Neuried

Printed in Germany
ISBN 978-3-89568-320-6

# Inhalt

1. Schlafender Drache
2. Im Labyrinth
3. Die Quellenfrau
4. Die Schildkrötenkarawane
5. Die Wegbegleiter
6. Am Meer
7. David und der Fährmann
8. Die Sternenfrau
9. Die Insel der Träume
10. Umweg zu den Perlen
11. Dieser verflixte Schlüssel
12. Auf dem Rückweg
13. Innen und Außen
14. Das östliche Drachentor

# Schlafender Drache

Kennst du das Gefühl, das Kribbeln im Bauch?

Plötzlich merkst du es, wenn du abends allein in deinem Zimmer im Bett liegst. Gerade noch ist es nicht da gewesen. Du hast Mama und Papa „gute Nacht" gesagt, noch ein bisschen gespielt und dann die Nachttischlampe ausgeknipst, als Mama ruft, es ist jetzt Zeit, um zu schlafen.

Da ist sie, die Dunkelheit und hüllt dich ein. Alles um dich herum ist nur noch dieses Dunkel und der Mond, den du vorher gar nicht bemerkt hast, wirft ein wenig Licht durch dein Fenster und macht aus deinem Zimmer eine stumme Schattenlandschaft. Und da kommt dieses Kribbeln im Bauch. Du traust dich kaum zu atmen, hältst fast die Luft an, als könntest du aufhören, die Dunkelheit zu atmen.

So geht es David jetzt. Er liegt ganz still in seinem Bett. Leise holt er Luft, macht die Augen auf und blickt in die Finsternis seines Zimmers. Er fühlt, da ist doch Etwas. Schnell macht er die Augen wieder zu, zieht die Decke über den Kopf. Nein, bloß nicht hingucken. Sein Herz beginnt laut zu klopfen, immer schneller und lauter und er drückt seine kleine Hand auf sein Herz, damit niemand außer ihm seine Angst hören kann. Vielleicht kommen sonst die Geister näher, berühren ihn, finden, entdecken ihn. Nichts.

Es passiert nichts. David traut sich, zieht die Decke von seinem Gesicht und macht die Augen ein klitzekleines bisschen wieder auf. Langsam suchen seine Augen im Zimmer herum. Ja, da vorne das ist sein Kleiderschrank, ein großer, breiter, glatter Klotz. Ach und auf seinem Stuhl neben dem Schreibtisch, das könnte seine Hose sein. Hat er sie wirklich dorthin gelegt, als er sie ausgezogen hat? Je länger er auf dieses Etwas auf seinem Stuhl starrt, desto heftiger wird das Kribbeln in seinem Bauch. Sein Herz pocht wieder lauter und David schießt es durch den Kopf, es könnte auch eine Schlange oder ein Drache sein.

Zusammengerollt liegt der Drache da und lauert. Davids Füße und Beine tun ihm schon weh, es fühlt sich so an, als habe er sich eine Ewigkeit nicht bewegt. Auch jetzt bleibt er still und starr liegen und hält die Augen auf den Drachen gerichtet. Nein, nicht eine Bewegung, sonst springt der Drache vielleicht direkt auf ihn zu. Er ist sich sicher, der Drache wartet, wartet nur darauf, dass er sich rührt.

Vorsichtig, während er das Ungeheuer unablässig beobachtet, um auf jede Bewegung vorbereitet zu sein, beginnt David langsam ein Bein auszustrecken. Sein linker Fuß baut mit den Zehen einen Tunnel unter die Bettdecke. Huh, hier ist das Bett noch kalt. Genauso muss er endlich sein rechtes Bein strecken, damit es nicht mehr so weh tut. Noch immer guckt er auf den Drachen und jetzt hat er es geschafft, seine Beine können sich ausruhen.

Was nun?

Vielleicht soll er einfach versuchen, blitzschnell die Tür zu erreichen und raus laufen zu seiner Mama, so schnell, schneller als der Drache seine Absicht erraten kann. Aber wird seine Mutter nicht nur lachen, mit ihm wieder in sein Zimmer gehen, das Licht anknipsen und ihm erklären, dass er sich alles nur einbildet. Sein Papa sagt wahrscheinlich nichts, sondern lächelt nur. Wenn Mama zur Tür rausgeht, wird sie das Licht ausmachen und es hat sich nichts verändert. Natürlich kann seine Mama die Geister nicht sehen, sie macht ja das Licht an - aber die Geister kommen nur im Dunkeln. Es ist besser, er bleibt in seinem Bett und behält den Drachen im Auge. Wenn dieser wirklich die Augen aufmacht oder auf ihn zuspringen will, dann kann er ja immer noch schnell zur Türe rennen. Die Decke bis zur Nasenspitze, betrachtet David eindringlich das Wesen auf seinem Stuhl, als könne er es allein dadurch hindern, sich zu bewegen oder ihm etwas anzutun. Langsam, unmerklich schläft David ein, bunte Bilder tanzen vor seinen Augen...

Plötzlich schreckt er wieder hoch, weil er glaubt, der Drache hat die Augen aufgemacht. David nickt noch einmal ein und wieder weckt ihn seine Angst, dass der Drache sich bewegt. Oder hat er gerade etwa geschnaubt? Er sagt sich noch, dass er auf jeden Fall wach bleiben muss und den Drachen nicht aus den Augen lassen darf, und versinkt endlich in Schlaf.

Von weit weg, leise erst, dringt undeutlich eine Stimme zu David, die seinen Namen ruft. Müde macht er die Augen auf. Es ist noch dunkel. Wieder dieses „David", diesmal hört er es ganz deutlich. Und während er mit der Hand nach dem Lichtschalter tastet, fällt sein Blick auf sein Handy auf dem Boden. Zugleich erinnert er sich an den Drachen, der aber ruhig und dunkel schläft. Seine Aufmerksamkeit kehrt zu seinem Handy zurück, das eingeschaltet daliegt und krächzend die Melodie des Labyrinthspiels von sich gibt. Überrascht, wieso er eingeschaltet ist, springt David aus dem Bett und holt das Handy. Was ist das? Das Spiel hat begonnen, aber nicht das gewohnte Labyrinth erscheint und kein kleines Männchen rennt vor dem gefräßigen Ungeheuer davon, sondern ein kleines Gesicht blickt ihn direkt an und es ruft seinen Namen. Ein wirkliches Kindergesicht mit winzigen Augen hat sich ihm zugewandt.

„Hilf mir, David, hilf mir hier raus", ertönt eine Stimme. Völlig erschrocken, als habe er sich verbrannt, schleudert David das Handy von sich. Im selben Augenblick ist es still. David schreckt hoch und mit rasendem Herzen erkennt er, dass er geträumt hat. Es dauert ein bisschen, bis er sich beruhigt. Ängstlich schaut er sich in seinem Zimmer um.

Nein, ein Glück, es ist alles still. Es ist wirklich nur ein Traum gewesen. „Uuah". David schüttelt sich und ihm läuft es eiskalt über den

Rücken, als er an das kleines Gesicht im Handygame denkt. Jetzt will er aber endlich richtig schlafen, beschließt er und wickelt sich ganz fest in seine Bettdecke. Ohne nochmal an den Traum zu denken, fällt er in den Schlaf.

# Im Labyrinth

Es ist heiß und David kann kaum atmen. Auch als er seine Augen aufmacht, bleibt es dunkel. Unsicher tasten seine Hände die Umgebung ab. Das ist ja Stein oder Fels, ja, er fühlt es deutlich, grober, kantiger Stein auf seiner rechten Seite. Der Stein ist warm. „Wie kann das sein", schießt es durch seinen Kopf. Seine Hände suchen, messen. Der Stein scheint riesig, vielleicht eine Mauer?

Dieses beklemmende Gefühl, nicht atmen zu können, wird stärker und die Luft ist schwer von Hitze.

Völlig unerwartet wird es hell, wie durch Zauberhand brennen plötzlich mehrere Fackeln und schlagartig erkennt David, dass er in einem langen Gang steht, rechts und links massive Mauern. Eigentlich ist er noch erstaunt darüber, wo er wohl ist, als aus einem Gang, ein paar Armeslängen vor ihm, ein Junge um die Ecke geschossen kommt. Er sieht David, blickt sofort wieder in die Richtung, aus der er gekommen ist, atmet keuchend und rennt auf David zu. Dieser spürt nur, wie eine kleine, starke Hand ihn packt. Ohne irgendetwas zu sagen, zerrt er David mit sich, rennt, keucht, schaut sich noch einmal um und hält David fest. Weiter, immer weiter rennt er, um eine Ecke, eine nächste, ein Stück geradeaus, und guckt öfter mit ängstlichem Gesicht zurück. An seiner Hand stolpert David hinter ihm her.

Die Gänge sind nicht sehr breit, ein paar Meter etwa, und die vielen Seitengänge verwirren David. Sind sie unter der Erde?

Schweiß glänzt auf dem schmutzverschmierten Gesicht dieses Jungen. „Lauf", schreit er David zu, „lauf, wenn du leben willst". Zwar weiß er nicht warum, trotzdem rennt David jetzt allein hinter diesem Jungen her. Er fühlt nur wilde Angst, die ihn treibt, sich ganz dicht an diesen Fremden zu halten, der wendig und schnell immer neue Wege auftut. Alles geht so schnell, dass ihm keine Zeit bleibt, darüber nachzudenken, wie dieser Junge es schafft, den Weg zu finden. Sein kleiner Führer dreht sich immer wieder um, saugt gierig die knappe Luft ein und treibt David weiter an, ihm zu folgen, „komm weiter".

Unvermittelt taucht in einem Gang vor ihnen ein riesiges Loch im Boden auf. David, der sich gerade umgesehen hat, stößt beinahe mit dem Jungen zusammen, so plötzlich ist dieser stehen geblieben. Dieses dunkle Loch ist ein Abgrund, tief und schwarz, ohne Ende. Hier kommen sie nicht weiter, doch als David zurückblickt, erstarrt er im selben Augenblick. Er sieht es, ein Wesen, von dem er glaubt, das gibt es nur in Geschichten. Eine riesige flammende Gestalt, eine dunkle Erscheinung, umgeben von rotglühendem Feuer. Diese schnaubende Fratze strahlt eine ungeheure Hitze aus.

Sie erinnert David an einen Stier, mit weit aufgeblähten Nüstern, glänzenden, großen, runden Augen, die von gewaltigen Hörnern überragt werden. Die Augen sehen finster, bedrohlich aus und Feuerfunken sprühen aus den Nüstern. Getragen wird dieser Kopf von einem gewaltigen Männerkörper, an dem teilweise zotteliges Fell herabhängt. Unruhig knurrend scharrt das Monster mit seinen behuften Hinterbeinen. Es wirft seinen Kopf wild hin und her, Feuerfunken fliegen und sein dunkles Schnauben hallt laut von den Wänden wider. Nur noch wenige Meter und es hat die beiden Jungen erreicht. Es ist so groß, dass es den ganzen Gang in seiner Breite ausfüllt und nur gebückt laufen kann. Mit seinem riesigen Maul wird es sie beide verschlingen.

David, unfähig, seinen Blick von dem grellen Feuer und dem Ungeheuer abzuwenden, wird in einen nahen Seitengang gezerrt. Sekundenlang ist er wie versteinert gewesen, beim Anblick ihres Verfolgers. Der Junge zieht ihn einfach mit und David läuft, stolpert nur weiter. Dann taucht vor den beiden am Ende eines Ganges ein Eisentor auf, mit einer schmalen, niedrigen Öffnung. Der Junge legt noch einmal Tempo zu. Er hält Davids Arm entsetzlich fest, schleift ihn mit durch das kleine Tor, dreht sich, schlägt die Eisentüre zu und verriegelt sie zusätzlich mit einem Querbalken. Dann nimmt er David mit sich, von der Türe weg, weiter in den Raum hinein und lässt sich laut atmend auf den Boden fallen. „Sicher", haucht er und David ist es, der, laut nach Luft schnappend, noch kein Wort rausbringt. Während er japsend am Boden liegt und diesen Jungen betrachtet, fragt er sich, wo er bloß gelandet ist und warum. Er kneift ein paarmal die Augen zu, in der Erwartung, gleich aus diesem Traum, viel eher Albtraum, aufzuwachen. Aber nichts verändert sich. Er bleibt liegen und hört sich und seinen Retter atmen. Hier brennt nur eine Fackel und David bemerkt, dass das Stroh auf dem Boden feucht ist. Die Luft ist modrig, warm. Wütend schnaubend steht der Feuerstier vor dem Eisentor, aber er kann glücklicherweise nicht herein und bald scheint er sich entfernt zu haben.

„Wer bist du", fragt David, „und wieso bin ich hier?"

„Ich bin Karto und du bist David, oder?

„Woher weißt du das?"

„Ich weiß es eben. Aber es ist nicht so wichtig. Du bist im Labyrinth und nun will uns das Monster beide verschlingen."

In einer Ecke des kleinen Raumes steht ein Krug und daneben liegt ein ganzes Brot. Karto trinkt einen Schluck Wasser und hält David den Krug hin. Während er sich von dem Brot abbricht, redet er weiter.

„Ich brauche deine Hilfe, David, bitte hol mich hier raus, ich kann nicht mehr, hilf mir."

„Ich", fragt David jetzt erstaunt, „wie kann ich das? Schließlich weiß ich überhaupt nicht, wo ich bin, welches Labyrinth meinst du? Außerdem kennst du dich hier aus und wie es mir scheint, sehr, sehr gut, denn ohne dich hätte mich dieses Feuerwesen schon längst gefressen. Wie kommst du darauf, dass ich dir helfen kann, was soll ich tun?" „Finde den Schlüssel zu dieser Tür", dabei zeigt er auf eine Türe hinter sich, „dann bin ich frei. Bitte, David, tu es, du kannst es, denn du bist ein Mensch und du hast ein Herz. Ich komme hier nicht raus. Das Labyrinth kennst du übrigens von deinem Spiel."

David trinkt noch etwas mehr Wasser und langsam geht es ihm wieder besser.

„Wieso bist du eigentlich hier drin, ich meine, wie bist du hierhergekommen und woher kommt der Feuerstier?"

„Ich bin hier, seit ich denken kann, Ich kenne niemand außer dem Feuerstier, wie du ihn nennst, es gibt nur Stimmen, manchmal. Für mich ist mein Leben nur die Angst, das Rennen, besser sein zu wollen als Sarro. Ich bin schon immer hier gewesen, ich laufe immer, wenn das Licht angeht, renne ich los, denn dann rieche ich Sarro schon, höre sein Schnauben und spüre, wie heiß es ist. Sobald die Fackeln brennen, muss ich losrennen, sonst schaffe ich es nicht. Und er ist schnell, sehr schnell, das hast du ja gesehen."

Karto macht eine Pause und David sieht in seine traurigen Augen und vergisst für einen Moment seine eigene Angst und sein Entsetzen. Er ist so durcheinander und weiß erstmal nicht, was er sagen soll. Dankbar nimmt er etwas von dem Brot, das Karto ihm hinhält, und fragt weiter:

„Wieso bleibst du nicht hier in dieser Zeile, da bist du doch sicher vor diesem Ungeheuer da draußen?"

„Es geht nicht, immer wenn ich einschlafe, wache ich irgendwo im Labyrinth wieder auf. So ist das Spiel, wenn ich nicht laufe, gibt es keine Punkte und kein Essen.

Und wenn ich laufe und gewinne, also auch nicht in eins der Löcher falle, bekomme ich etwas mehr Zeit, um mich auszuruhen, oder mehr zu trinken und zu essen. Oh, glaub mir, ich habe schon oft versucht, nicht mehr einzuschlafen, und ich schaffe es schon sehr lange ohne Schlaf, aber irgendwann…".

Erschöpft von seinem Lauf, lehnt Karto sich an die Wand. David spürt plötzlich selbst, wie müde er ist. Wenn er an Sarro denkt, fängt sein Herz allerdings sofort an, laut zu schlagen, und macht ihn unruhig. Wie ist er nur hierher gekommen? Vielleicht ist es doch nur ein Traum? Vielleicht wacht er gleich auf und erkennt, dass er gemütlich in seinem Zimmer im Bett liegt. Dabei hört er, wie Karto tief und gleichmäßig atmet. Panik überschüttet ihn, was soll er nur tun?

„Du willst, dass ich dir helfe, hier herauszukommen. Wenn ich das kann, kannst du dann nicht einfach mit mir gehen?", fragt er Karto schließlich.

„Für dich allein ist es leicht", sagt Karto und macht die Augen wieder auf. „Du bist ein wirklicher Mensch, du brauchst dich nur fallenlassen, den Sprung wagen und dir wünschen, wohin du möchtest."

„Wo ich hinwill? Nach Hause natürlich!"

„Ach bitte", fleht Karto, „hilf mir, geh zur Insel der Träume."

„Zur Insel der Träume?" „Ja."

„Was ist das?"

„Ich habe es gehört, Stimmen haben davon erzählt. Es scheint eine uralte Erzählung zu sein, aber es muss diese Insel der Träume der Menschen geben. Immer wieder habe ich Stimmen darüber reden gehört. Dort, auf dieser Insel, gibt es diesen besonderen Schlüssel, verborgen in einer Höhle. Nur wenn du diesen Schlüssel hast, kannst du das Labyrinth öffnen. Dann bin ich frei."

„Wieso kannst du nicht mit mir den 'Sprung' wagen?" „Weil ich die Erfindung eines Menschen bin und nicht selbst die Kraft habe, etwas zu verändern. Nur ein Mensch kann das. Bitte. Ich habe so viel gehört. Gibt es wirklich eine Sonne, hell und warm, eine silbrige Scheibe und funkelnde Augen an einem blauen Himmel? Gibt es wirklich ein riesiges Wasser, unendlich weit? Oh ich habe den Stimmen gut zugehört. So gern würde ich das alles einmal sehen."

Traurig sitzt David da und betrachtet Karto eine Weile. Wie schrecklich es wohl ist, nur hier drin zu leben, nur gehetzt zu werden, nur zu laufen.

„Was meintest du vorhin damit, den Sprung wagen?" „Die schwarzen Löcher im Labyrinth. Wenn ich hinein falle, ist es grausam, schlimmer als wenn Sarro mich erwischt. In den Löchern gibt es Stimmen, die erzählen, wie wunderschön es draußen ist. Geschichten über Farben, Musik, phantastische Wesen, Pflanzen, ach, ich weiß nicht, was sonst noch, eine schillernde, strahlende Welt. Wenn ich in eins der Löcher falle, wache ich immer im Hauptturm wieder auf und ich fühle mich entsetzlich, glaube, diese Sehnsucht nicht aushalten zu können.

Das tut mehr weh, als nichts zu essen zu bekommen. Lieber lasse ich mich da schon mal von Sarro verschlingen."

„Er verschlingt dich, ich meine, er hat dich schon gefressen? Wie kannst du das wissen und dann noch hier sitzen?" „So ist es eben, das Labyrinth. Ich habe mich selten freiwillig verschlucken lassen, aber ein paarmal bin ich nur müde gewesen oder habe eben Pech gehabt und er hat mich gefangen. Es ist entsetzlich heiß. Er schluckt mich einfach runter und dann ist es nur noch eng, glitschig und stinkig. Es ist so klein da drinnen, dass ich kaum Platz habe, und wenn die Luft erst knapp wird, schlafe ich ein.

Das geht alles sehr schnell und irgendwann wache ich in einem der Gänge wieder auf."

Mit angewidertem Gesicht und zu Fäusten geballten Händen hat David Karto zugehört. Niemals hat er sich vorgestellt, dass das Männchen in seinem Handyspiel lebt und wirklich fühlen kann.

„Ich will nicht mehr so weitermachen." Karto sieht David jetzt direkt an. „Wirst du mir helfen?"

David spürt sein Herz aufgeregt schlagen.

„Du meinst also ernsthaft, ich kann hier raus? Was ist, wenn ich die Insel nicht finde? Ich kenne den Weg nicht." „In den Geschichten heißt es, dass du es dir ganz stark wünschen musst und dann springst."

Seufzend antwortet David: „Okay, ich versuche es. Ja, ich versuch`s. Aber ich kann nichts versprechen." Kartos Augen leuchten.

„Hier." Er hält David das Brot hin. „Vielleicht brauchst du es. Das ist leider alles, was ich dir mitgeben kann, sonst hab' ich nichts."

Schweigend, mit einem tröstenden Lächeln im Gesicht nimmt David das Brot. Als er an sich herunterschaut, bemerkt er zum ersten Mal erstaunt, dass er seine weite, schlabberige Jeans und sein dunkelgrünes Hemd trägt. Das Brot verstaut er in seinen Taschen, so gut es eben geht.

„Wie sollen wir zu den Löchern kommen?", fragt er Karto. „Am besten, wir halten uns an den Händen, wenn wir einschlafen, so bleiben wir auf jeden Fall zusammen, sobald das Licht angeht, rennen wir los und ich bin sicher, wir finden eins, bei jedem Lauf treffe ich auf mindestens eins.

Ja und da springen wir dann zusammen 'rein."

„Gut, abgemacht. Du, Karto, wie finde ich dich wieder, wenn ich auf der Insel der Träume bin?"

„Dieser Schlüssel wird dich hierherbringen", antwortet Karto. „Verrätst du mir noch, wie ich zu dir gekommen bin", will David wissen.

„Hm, du hast mich gehört, dein Herz, ich habe dich gerufen. Gib mir deine Hand, ja, ich bin schon sehr müde."

Sie halten sich fest an den Händen und sind kurze Zeit später eingeschlafen.

Karto und David halten sich noch an den Händen, als die Fackeln plötzlich brennen und beide fast gleichzeitig die Augen aufreißen. Sofort überfällt David die Erinnerung, dass er ohne Zweifel wirklich im Labyrinth steckt. Aber es bleibt keine Zeit, denn schon hören sie das Trampeln des Menschenstiers herannahen.

Karto springt als Erster auf, reißt David mit sich hoch und stürzt in den nächsten Gang. So wenig Luft, sie ist flirrend heiß.

David und sein Freund rennen, erst links, dann rechts, wieder links, eine Weile geradeaus. David wagt einen kurzen Blick nach hinten über seine Schulter und sieht, wie Sarro auch schon dicht hinter ihnen ist. „Dorthin, da ist eins", schreit Karto, „nun komm schon, David".

David holt wieder auf, was er durch sein Zurückschauen an Abstand geschaffen hat. Dann stehen sie beide vor einem kreisrunden Loch im Labyrinthboden. David schätzt es auf vielleicht vier Meter. Nichts ist zu sehen, nur tiefe, tiefe Schwärze breitet sich vor ihnen aus.

„Gib mir deine Hand, Karto, ich hab' Angst." „Ich auch. Aber es geht nicht anders. Da kommt Sarro schon."

Flammen schießen aus dem Gang, aus dem sie kurz vorher gekommen sind.

„Na los, jetzt, bei drei ", brüllt Karto, „eins, zwei, drei", und mit lautem Geschrei lassen die beiden sich in die Dunkelheit fallen. David spürt, wie ihm Kartos Hand entgleitet und er sich dreht, im Nichts wirbelt. Er fällt und fällt und es scheint kein Ende zu geben. Es ist ihm, als erhasche er kurze Blicke in Gesichter, Sterne, Pflanzen, Farben, Muster und traumhafte Klänge, Stimmen wie Chorgesänge vermischen sich mit dem Nachhall seines Schreies. So völlig durcheinandergewirbelt, verliert er schließlich jedes Gefühl für seinen Körper. Abrupt, ganz unerwartet landet David in einem Sack oder einer Art Tuch. Der Stoff schließt sich ziemlich fest um ihn und wird über seinem Kopf zusammengerafft. Alles ist dunkel und er merkt, dass er noch lebt. Ihm ist schwindelig, oder schwankt der Beutel, in dem er sich befindet? Der Beutel hängt irgendwo, kommt es David in den Sinn, der Beutel wird getragen.

Ein lautes Krächzen über ihm lässt ihn aufhorchen. Hastig versucht er, in diesem Faltengewirr einen offenen Ritz zu finden. Er lugt aus dem Sack heraus und verwundert sieht er über sich einen riesigen Vogel. Einen Vogel, wirklich so groß, wie er noch nie einen zu Gesicht bekommen hat, mit schwarzem, glänzenden Gefieder, einem überlangen, dünnen Schnabel und breiten Schwingen. Wieder krächzt der Vogel, so, als wolle er mit David reden.

Wieso ist er nicht auf der Insel? Wer ist dieser Vogel und wo bringt er David hin?

„Wer bist du?", ruft David jetzt zu ihm hinauf.

Es ist tiefe Nacht und nur allmählich erkennt David richtig, dass der Vogel die Tuchzipfel des Beutels, in dem David hockt, in seinem Schnabel hält und nur diese Krächzlaute möglich sind, sonst wird er ihn wohlmöglich fallen lassen. Entsetzt von diesem Gedanken, beschließt er, den Vogel nicht weiter zu fragen. Ängstlich kauert sich David in seinem Tragetuch zusammen und beobachtet aus dem kleinen Ritz heraus, wo sie wohl hinfliegen.

Noch ehe er viel denken oder erkennen kann, fällt er wieder. Dieser dunkle Nachtvogel lässt ihn überraschend einfach los und er fällt genau in die Mitte eines hohlen Baumstammes. Diesmal allerdings dauert sein Sturz nur kurz und David landet unsanft auf hartem Untergrund, kullert noch ein kleines Stück, bis er liegen bleibt.

# Die Quellenfrau

Er reibt sich die Schulter und Hüfte, die sich über diesen Aufprall auf der Erde beschweren, und krabbelt auf Händen und Knien aus dem Sack. Sofort wird er vorsichtig, weiß er doch gar nicht, wo er gelandet ist. Ja, es ist eine Höhle. Nur ein fahles Licht erhellt die Höhle, da, wo David kniet. Vielleicht von der Öffnung, durch die David hineingefallen ist. Der schwache Schein zeigt ihm einen staubig, steinigen Boden und während er diesen betrachtet, fühlt er förmlich die Stille in dieser Höhle, nur ein fernes Tropfen von Wasser, leises Plätschern ist zu hören. Die Luft ist angenehm kühl und klar. Gerade als David aufstehen will, begrüßt ihn eine leise, etwas zittrige Stimme.

„Na, mein Junge, was suchst du hier?"

Erschrocken fällt er nun rückwärts auf den Boden und blickt sich unsicher um, woher die Stimme wohl kommt.

„Hab' keine Angst, hier bin ich, siehst du mich?" Angestrengt tastet David mit seinen Augen die Felsenwände der Höhle ab und wie erstaunt ist er, als er, nachdem sich seine Augen an die Dunkelheit gewöhnt haben, eine alte, sehr alte Frauengestalt erblickt.

Die alte Frau sitzt ganz still, wie zu Stein erstarrt, fast wie mit der Höhlenwand verwoben. Sie ist viel größer als David.

Mit sanften, runden Augen blickt sie ihn an.

Er schaut in ein Gesicht aus lauter Alter und Falten, wie mit Hammer und Meißel eingegrabene Furchen und Linien, als sei es selbst aus Stein.

„Willkommen in meinem Reich." Sie spricht langsam mit ihrem alten Mund und eher leise.

„Was wünschst du, Menschenkind?"
David starrt dieses alte Gesicht an, auf den Mund, der aussieht, als werde er beim nächsten Wort auseinander brechen. „Ich bin David", erklärt unser kleiner Freund bescheiden angesichts dieser, wie es scheint, uralten Frau.
„Wo bin ich hier?"

„Im Reich der Quellen. Oh, das Sprechen fällt mir etwas schwer, ich muss mich erst wieder daran gewöhnen. Wenn ich schon mal Besuch erhalte, rede ich eigentlich ganz gerne. Aber weißt du, mein Junge, es ist lange her, dass ein Mensch hier gewesen ist, sehr, sehr lange."

David sieht sich jetzt ein bisschen genauer die Höhle an. Dort, wo er jetzt steht, ist sie sicher einige Meter hoch, unter der Öffnung, durch die er hineingefallen ist, erscheint sie deutlich niedriger. Mehrere Gänge führen in verschiedene Richtungen. Und da, wo die alte Frau auf ihrem Stein sitzt, erkennt er einen schmalen, gewundenen Weg, der noch weiter in die Tiefe zu gehen scheint.

„Aber was soll ich hier, warum bin ich hierher gebracht worden?" Während er dies sagt, entdeckt er etwas weiter hinten zur Linken der alten Frau eine Eule, die ihn beobachtet. Sie ruft und blinzelt dann ein paarmal und die Alte bemüht sich um ein Lächeln.

„Du suchst etwas Bestimmtes, nicht wahr?"

„Ja", erwidert David „ich will zur Insel der Träume und möchte dort den Schlüssel zum Labyrinth holen, um meinen Freund zu befreien!"

„Leider bist du bei mir noch nicht richtig. Wie schon gesagt, bist du hier im Reich der Quellen."

Langsam steigt sie herab von dem Stein, was David erstaunt beobachtet. Denn obwohl sie uralt aussieht, bewegt sie sich geschmeidig, leicht. Alles an ihr, bis auf die Augen und den Mund, ist grau, selbst das lange Gewand, was sie trägt. Mit bloßen Füßen geht sie an David vorbei und bewegt sich auf den gewundenen Pfad zu, der in die Tiefe führt. Kein Licht ist zu sehen und doch kann David alles deutlich erkennen. Tiefer geht es im Kreis und sie gelangen schließlich an den Anfang eines tunnelartigen Steinmassivs. Hier ist es viel feuchter. Und nun weiß David auch, woher das Wassergeflüster gekommen und wieso dies das Reich der Quellen ist. Sieben Quellen zählt er. Sie plätschern, säuseln leise vor sich hin.

Die alte Frau beginnt zu erzählen: „Es hat eine Zeit gegeben, da sind sie übergesprudelt vor Lebensfreude, meine Quellen.

Ich bin alt geworden und meine Reserven sind fast aufgebraucht. Früher, ja früher einmal sind viele zu mir gekommen und haben mich um etwas gebeten, was ich immer gerne gegeben habe. Aber die Menschen zerren immer mehr Schätze der Erde ans Licht und bringen das Gleichgewicht durcheinander, weil sie ihr nichts zurückgeben wollen. Sie fragen nicht, sie bitten nicht und achten nicht. Das Wasser hier unten ist so wenig geworden."

Sie geht weiter in die Höhle hinein, bleibt aber dann schon nach wenigen Schritten wieder stehen und zeigt auf ein großes Steinbecken. Es ist gefüllt mit frischem Quellwasser, und es kommt David so vor, als gehe ein türkiser Schimmer von dem Wasser aus, der von den Höhlenwänden hell zurückstrahlt. Oben in der Höhlendecke ist eine Öffnung und Sonnenlicht fällt herein, „Hier speichert das Wasser das Licht der Sonne und nachts das vom Mond, bevor es in die Adern der Erde fließt. Hilf mir, die Gefäße für die Libellen bereitzustellen, sie versorgen die Adern mit Wasser, sodass die Erde fruchtbar bleibt."

Das Wasser glitzert, so als ob Tausende von Sternen darin schwimmen. David ist ganz versunken in dieses Funkeln, aber folgt der Alten bereitwillig, die ihn sanft angestoßen hat, mit ihr die Kannen zu holen. Es sind so viele. Fragend sieht er sie an.

„Ich weiß, es sind nicht gerade wenige Kannen. Wenn die Libellen kommen, dann meistens in mehreren großen Schwärmen. Sie arbeiten flink und zuverlässig und darüber bin ich wirklich froh. Sie sind so alt wie das Wasser selbst. Na ja, ein bisschen haben sie ihr Äußeres im Laufe der Zeit schon verändert, aber sie tragen das ganze Wissen des Wassers in sich."

Die alte Frau ist weitergegangen.

„Siehst du, hier sind die Leitungen, die in die gesamte Erde laufen, Kanäle, sie führen das Wasser mit sich, sodass die Pflanzen im Wald und auf den Feldern wachsen können."

Fasziniert betrachtet David die große Vertiefung im Höhlenboden, die ihn an ein riesiges Sieb erinnert, allerdings aus Stein.

„Wenn du möchtest, kannst du auf die Libellen warten, sie kommen immer zur Abendstunde."

„Ich würde schon gerne, aber ich will zur Insel der Träume, schließlich wartet Karto auf mich."

„Ja, ich verstehe", erwidert die Steinfrau und blickt jetzt viel ernster.

„Es ist ein weiter Weg. Zuerst musst du die Steppe durchqueren, bis du das Meer erreichst. Dahinter liegt ein fernes Land und dort gibt es einen Berg mit einem See, über den du zur Insel der Träume gelangst, diesen Berg musst du finden."

„Was!", brüllt David erschrocken und sinkt auf die Knie. „Wie soll ich denn den Weg finden, wie soll ich es jemals schaffen, dorthin zu kommen." Enttäuscht und zweifelnd kniet er zu den Füßen der alten Quellenfrau.

„Nur Mut, mein kleiner Freund, du brauchst ja nicht allein zu geben. Stell die Kannen alle hierhin und wenn du fertig bist, dann folge mir nach oben, ja?"

Schweren Herzens macht David sich nun an die Arbeit. Eigentlich hat er sich das alles viel einfacher vorgestellt, mal eben in dieses schwarze Loch springen und auf der Trauminsel zu landen.

Während er die Kannen aus Kupfer zum Auffüllbecken bringt, es scheinen weit mehr als hundert zu sein, grübelt sein Kopf über das nach, was die alte Höhlenfrau gerade erzählt hat, und seine Gedanken machen seine Arme schwer. Als er endlich fertig ist, geht er wieder in den oberen Teil der Höhle hinauf und sucht dort nach der alten Frau, wo er sie zuerst gesehen hat.

Aber da ist sie nicht, sondern sie steht im selben Augenblick an seiner linken Seite und hält ihm ein Glas hin. „Hier, es ist gefüllt mit dem allerbesten Blütenhonig. Verwahre es gut, du wirst es noch als Geschenk brauchen. Also iss nichts davon."

Dann gibt sie ihm einen kleinen, runden Bastkorb, der mit einem Deckel verschlossen ist. Noch ehe sie dazu kommt, ihm etwas zu sagen, hat David den Deckel schon geöffnet. Er schreit laut auf und lässt den Korb blitzartig fallen. „Zzsch...", ertönt es und eine silberne Schlange entweicht aus ihrem kleinen Zuhause.

Die Quellenfrau lacht ein wenig.

„Talar, jetzt hast du ihn erschreckt. Ich hätte dich besser vorwarnen sollen. Talar ist meine liebste Schlange, sie wird dich durch die Steppe, die Trockenheit begleiten, weil sie überall Wasser findet. Wenn du dein erstes Ziel, das Meer erreichst, kommt sie zu mir zurück. Nun hier noch eine Wasserflasche, ein paar Äpfel für den Mut und Brot für das Vertrauen und natürlich Talar."

Bereitwillig hat die Schlange sich von ihr wieder in den Korb heben lassen. Sanft hält sie Davids Kopf hoch und schaut ihn freundlich an.

„Du wirst es schaffen. Wenn du jetzt aufbrichst, kannst du noch ein gutes Stück deines Weges bis zur Abenddämmerung zurücklegen. Die Schildkrötenkarawane wartet schon auf dich. Alle paar Wochen kommen die Wanderschildkröten auf ihrer Route hier entlang und sie können dich mitnehmen. Draußen, bei ihnen findest du Stiefel, einen Umhang und Decken." Die Eule hat sich auf die Schulter der Alten gesetzt und betrachtet ihn, als wolle sie mit ihm reden, will sie sich verabschieden?

„Na, dann wünsche ich dir eine gute Reise, mein Junge." David bedankt sich bei ihr für ihre Hilfe und sie zeigt ihm, welchen Weg er nehmen soll, um aus der Höhle herauszukommen. Schon kurze Zeit später gelangt er zum Ende der Höhle und steht unvermittelt im hellen Sonnenlicht. Zuerst hält er sich die Hand schützend über die Augen, um überhaupt etwas sehen zu können. Da ist sie, die Karawane der Riesenschildkröten, und einige blicken ihn wartend an. Sie sehen eigentlich genauso aus wie die Schildkröten, die er kennt, nur sind sie wirklich riesig, sodass er bestimmt bequem auf ihnen reiten kann. Unter all den Tieren entdeckt David eines mit einer Art Teppich und einem Baldachin.

Mit beklommenem Herzen und ein wenig wackeligen Knieen geht er auf diese Schildkröte zu, „Hallo, ich bin David." „Ich bin Rosa, komm, setz dich und mach's dir bequem, es geht los."

Sein bisschen Gepäck über der Schulter und den Korb mit der Schlange unter dem Arm, klettert er eine Art Steigbügel hoch und setzt sich auf den Teppich, der aber ein gemütliches Polster ist, mit bunten Stickereien und mehreren Satteltaschen am Rand, groß genug, dass er ausgestreckt darauf liegen kann.

Ohne ein weiteres Wort beginnen die Wanderschildkröten ihre Reise. Die Aufregung, all das Ungewöhnliche, was ihn bisher gefesselt hat, verwandelt sich allmählich mit der gleichförmigen Bewegung der Schildkröte in Müdigkeit. Nach einer kleinen Weile Ritt durch Steppengebiet und obwohl ihn viele Fragen quälen, legt David sich auf den Rücken der Schildkröte und schläft bald darauf ein.

Der Tag ist schon angebrochen und eine neugeborene Sonne strahlt David ins Gesicht. Er erwacht blinzelnd und blickt in eine endlos erscheinende Steppenlandschaft, staubige Gräser und andere ungewöhnliche Gewächse erinnern ihn sehr schnell daran, dass er ja auf dem Weg zur Insel der Träume ist.

„Guten Morgen, Rosa", begrüßt er schläfrig die Schildkröte, auf deren Rücken er sitzt. „Guten Morgen, David", antwortet Rosa leise, ganz versunken in ihren Marsch, ohne sich jedoch umzudrehen oder sonst wie aus ihrem Schritt bringen zu lassen. Wie er so die Landschaft betrachtet, sieht er unendlich weit, seine Augen können so weit sehen, aber alles ist leer.

Nur die paar Sträucher, vereinzelte niedrige Hügelketten oder runde, große Gesteinsbrocken, als habe ein Riese hier und da einen Kieselstein verloren, geben ihm nicht das Gefühl, dass hier irgendetwas lebt. Ihr kleiner Reisezug verliert sich einfach in dieser ausgedehnten freien Fläche und kommt ihm so winzig vor. Ein feiner Wind spielt mit aufgewirbelten Staubkörnern, sonst ist es still. Seufzend hebt David den Deckel vom Weidenkorb und guckt auf Talar, die zusammengerollt am Korbboden liegt. „Na, wenigstens begleitest du mich."

Die Schlange hebt kurz den Kopf, als ob sie ihm zeigen will, dass sie ihn verstanden hat. Gleichmäßig und schweigend trottet die Schildkrötenkarawane dahin.

Die Augen der Schildkröten sind halb geschlossen, nur mit weit vorgestrecktem Hals bewegen sich die Tiere zielsicher durch das Steppengebiet. Die Stunden verrinnen langsam, fast zäh, oder bleibt die Zeit einfach stehen? Unruhig sucht David nach irgendetwas, das seine Aufmerksamkeit weckt. Doch vergebens. Manchmal klettert er von seiner Trägerschildkröte herunter und läuft neben ihr her, muss aber immer wieder verschnaufen. Zwischendurch stärkt er sich vom Proviant der Quellenfrau, eine Abwechslung, wenn schon sonst nichts anderes passiert.

Aber er will sich seine Vorräte lieber gut einteilen.

# Die Schildkrötenkarawane

In der Nacht wird David diesmal wach. Auf dem Rücken liegend, schaut er sich all die Sterne an und wünscht sich, dass Karto sie auch bald sehen kann. Er fühlt sich hin- und hergerissen, kann er es schaffen, die Insel zu finden? Was macht er hier eigentlich? Gibt es noch einen anderen Weg, vielleicht soll er einfach umkehren und sagen, dass er es nicht schafft. So viele Gedanken kreisen in seinem Kopf. Wieder guckt er in die Sterne, vergisst, was er gerade noch gedacht hat, und lässt sich von dem eintönigen Schritt Rosas in den Schlaf wiegen. Auch am nächsten Morgen bleibt die Steppe mit ihrem kargen Gesicht leer wie am Vortag.

Die Schildkröten folgen still ihrem Weg, den David nicht erkennen kann, und als sie gerade eine längere Hügelkette hinter sich lassen, hört David auf einmal lautes Geschrei, das Klirren von Metall, die Erde dröhnt und zittert von trampelnden Pferdehufen. Ungläubig starrt er auf das, was er sieht. Vor seinen Augen tobt eine Schlacht, Männer auf Pferden kämpfen mit Säbeln, Krieger, grau in grauem Staubwirbel der Steppe. Ihr Waffen blinken im Sonnenlicht, sie stürzen sich aufeinander, reißen, zerren, Kampf-Geschrei und Schreie des Grauens und die Schildkröten bewegen sich darauf zu, wie in Trance, als erkennt sie keine Gefahr. David schreit jetzt selbst: „Haltet an. Zurück. Hört ihr nicht?"

Aber die Schildkröten lassen sich nicht aus ihrem Trott bringen. Ohne zu überlegen, greift er seine Sachen und Talar und springt vom Rücken seiner Reiseschildkröten und rennt zu den Felsen zurück. Die

Angst sitzt ihm im Nacken, er läuft, so schnell er kann. Das Entsetzen treibt seine Füße an. Ein paarmal stolpert er, droht zu fallen, schafft es schließlich, einen der Gesteinsbrocken zu erreichen, hinter dem er sich versteckt. Und nun blickt er zurück.

In diesem Moment erreichen die Wanderschildkröten das Schlachtfeld. Nochmal schreit David.

„Nein", und ist auf der Stelle still. Träumt er? Die Schildkröten gehen mitten in diese Zerstörung und zugleich zerfällt der Kampfschauplatz, das Schreien, die Männer auf ihren Pferden zu Staub. Alles löst sich auf in Nichts, fällt auseinander wie ein Spiegelbild, wenn der Spiegel zerbricht. Es bleibt die trockene, staubige Weite, still, unberührt, wie zuvor.

Die Schildkröten ziehen weiter und scheinen nicht auf ihn warten zu wollen.

Wieder greift David seine kleine Habe und rennt, diesmal hinter den Schildkröten her. Die Sonne steht schon hoch und er erreicht die Karawane schweißüberströmt. Keuchend klettert er unter den schützenden Baldachin. Als er wieder genug Luft kriegt, fragt er Rosa, was dies eben für ein Kampf gewesen sei. Sie antwortet nur:

„Das ist die Macht der Gedanken."

Zu weiteren Worten kann sie sich wohl nicht entschließen, also setzen sie die Reise schweigend weiter fort. Noch einige Male sieht sich David zweifelnd um, schaut dorthin, wo eben ein Krieg getobt hat, so lebendig grauenvoll, dass die Angst und das Entsetzen ihm jetzt noch in den Knochen sitzen. Als sei nichts geschehen, so still, dass schon vertraute Bild der Felsen und wenigen Sträuchern. Wie kann das sein? Wussten die Schildkröten, dass die Schlacht eine Trugerscheinung war, haben, sie sie überhaupt gesehen? Während er die Sonne betrachtet und das Geräusch der gleichmäßigen Schritte der Schildkröten wahrnimmt, bestürmen immer neue Fragen sein Herz, denn er kann sich diese kämpfenden Männer nicht erklären.

Die Zeit verrinnt, nichts passiert. Ab und zu tauchen ein paar große Vögel am Himmel auf, mit breiten Schwingen kreisen sie lautlos über den Felsen. Sonst bleibt es leer. Plötzlich fühlt sich David einsam und eine Sehnsucht, irgendwo anzukommen, erfüllt ihn. Wie gerne möchte er mit jemandem reden.

„Wie weit ist es noch bis zum Meer, Rosa?", fragt er. „Junge, gedulde dich, eine Weile dauert es noch." Diese Schildkröten sind keine großen Erzähler und wohl am liebsten still, denkt er sich. Die Stille bedrückt ihn.

Die Luft ist angenehm warm, er kann sich nicht beklagen. Manchmal läuft David eine längere Strecke neben den Schildkröten her, merkt aber immer wieder, dass sie gar nicht so langsam sind, wie es ihm von Rosas Rücken aus erscheint. Bald schon werden seine Füße müde und er hat es schwer, mit ihnen mitzuhalten. Dann setzt oder legt er sich unter den Baldachin, ruht sich aus und lässt sich nur tragen. Ist er etwa eingeschlafen? Eine merkliche Unruhe macht sich in ihm breit und tatsächlich, als er aufblickt, entdeckt er erstaunt in nicht allzu weiter Ferne Gebäude einer Stadt. Viele Dächer schimmern, glänzen in der Sonne, bunte, grelle Farben stechen ihm ins Auge und ein Murmeln oder Rauschen von geschäftigem Leben liegt in der Luft.

Verwirrt fragt sich David, was dies wohl für eine Stadt ist. Eigentlich hat er geglaubt, dass die Schildkrötenkarawane direkt zum Meer will. Über eine Rast in einer fremden Stadt hat er nicht nachgedacht.

Na ja, sicherlich kennen die Schildkröten die Stadt, wenn sie so oft durch die Steppe zum Meer wandern.

Schon empfangen seine Ohren leise Klänge. Ganz leise, weiche, hohe Töne schmeicheln seinen Ohren, wie Samt auf der Haut, untermalt von einem tiefen gleichbleibenden Ton. Voller Erwartung sieht David der Stadt entgegen. Die Schildkröten, auch Rosa, verlieren kein Wort, sondern steuern zielstrebig auf die Stadt zu. Jetzt sind sie ganz nah. Er schaut auf goldverzierte Dächer aus bauchigen, eckigen oder geschwungenen Formen, überall Fahnen und bunte Tücher und farbenfroh gekleidete Menschen. Sein Blick fällt direkt auf einen offenen Platz, eine Art Bazar, wo sich Menschen drängen, handeln, lachen, erzählen. Die Luft ist voller Worte und von irgendwoher klingt diese Musik. Beim ersten Haus dieser unbekannten Stadt, die so unvermittelt in der Steppe auftaucht, genau als sie dieses erste Haus erreichen, beugt sich David schon etwas vor und guckt, ob er jemanden sieht, den er vielleicht ansprechen kann. Hoffentlich versteht er ihre Sprache. Genau in diesem Moment, als er sich dem Haus zuwendet, wird es plötzlich ganz still und die Stadt zerfällt vor Davids Augen in Abertausende von Scherben, die sich augenblicklich in Luft auflösen. Er schreit auf und tastet wild mit seinen Händen in der Luft, als könne er die eben noch gesehene Stadt erfühlen oder spüren, wohin sie gegangen ist.

Wie bei der Schlacht ist jetzt alles leer und still, unheimlich still. Völlig durcheinander setzt sich David zurück auf den Sitz seiner Schildkröte, die, wie alle anderen auch, nicht einmal den Kopf gehoben hat, sondern nach wie vor ihren gleichmütigen Schritt beibehält.

Tief enttäuscht schaut er sich nochmals um. Er kann es nicht begreifen, wie sie so wirklich erschienen ist, diese Stadt, und nun sieht er nur die öde Steppe in ihrer unermesslichen gleichen Form. Ein leiser Wind treibt ganz leicht über das Land, streichelt die niedrigen Sträucher und verabschiedet sich wieder. Zurück bleibt wie seit Beginn der Reise, Stille, laute Stille.

Nach diesem zweiten Täuschungserlebnis beschließt David, sich hinzulegen und einfach nur zu warten, bis sie das Meer erreichen, sich so treiben zu lassen wie die Riesenschildkröten auch. Talar hat sich bisher sehr ruhig verhalten, ein paarmal hat er nach ihr gesehen, aber sie hat keinerlei Anzeichen gemacht, dass sie sich bewegen will. Jetzt allerdings beginnt sie sich zu regen und wird anscheinend munter. David öffnet den Korbdeckel und lugt zu ihr hinein.

Die kleine Schlange streckt sich, sieht ihn durchdringend, aber freundlich, wie er glaubt, an und beugt sich über den Korbrand. Langsam, majestätisch kriecht sie aus dem Korb heraus, neben David, und rollt sich dort wieder zusammen. „Na meinetwegen gerne, da habe ich etwas Gesellschaft. Gucken wir eben gemeinsam in den Staub."

Während er etwas von seinem Brot isst und vom Wasser trinkt, kommen sie zu einer längeren Hügelkette, die die Karawane von der untergehenden Sonne abschirmt. Hier ist es angenehm schattig und Rosa erklärt ihm, dass sie hier die Nacht über ausruhen wollen. David wickelt sich in seine Decken, Talar hat sich ganz dicht an ihn geschmiegt und zusammengerollt. Ein kleines bisschen Stolz, dass sie so nah bei ihm bleibt, erfüllt sein Herz und gleichzeitig betrachtet er gemütlich, wie die Sonne ihre letzten Strahlen für diesen Tag ausschickt.

„Du, Rosa, wird es kalt werden?", fragt David. „Nein, kleiner Abenteurer, um diese Zeit ist es auch nachts eher mild. Schlaf gut, ich wecke dich vor Sonnenaufgang." „Ja, schlaf auch gut. Du, Talar", unterhält er sich nun mit der Schlange, „suchst du morgen für uns Wasser, wir brauchen bald frisches Wasser, du doch bestimmt auch, oder? Die Quellenfrau hat ja gesagt, dass du es findest. Ich zähl auf dich, denn bis jetzt sind wir noch an keiner Wasserstelle vorbeigekommen. Also, kleine Talar, ich wünsche dir eine gute Nacht."

Aufmerksam hat Talar den Kopf gehoben und blickt ihn mit einer wiegenden Kopfbewegung an. Ihr silbriges Schuppenkleid schimmert im Abendsonnenlicht in feinen Regenbogenfarben, Ob sie ihn wohl versteht? So ganz sicher ist er sich da nicht. Noch bevor die Sonne endgültig untergegangen und alles in ein gleichmäßiges Dunkel getaucht ist, haben die Wanderschildkröten sich in einem Kreis eng zusammengelegt. Wohl mehr, weil sie gerne nah beieinander sind. David glaubt nicht, dass diese riesigen Tiere sich fürchten, also fühlt auch er sich sicher und außerdem von den großen, steinigen Hügeln geschützt - obwohl er gar nicht genau sagen kann, ob er eigentlich Angst hat, sich einsam fühlt oder wie er dieses Gefühl in seinem Bauch nennen soll.

Bisher ist er keinem Menschen begegnet. Wie weit seine Reise wohl noch geht? Traurig schaut er zum Himmel, wo sich schon die ersten Sterne zeigen und tröstlich funkeln. Schließlich schläft er ein. Er träumt in dieser Nacht, zu Hause zu sein und seinen Eltern zu erzählen, dass er sich, um Karto zu helfen, auf den Weg zur Insel der Träume gemacht hat

# Die Wegbegleiter

Wie versprochen, rüttelt die Schildkröte ihn wach, indem sie ihn mit ihrer gewaltigen, flachen Nase ein paarmal sanft anstößt.

„Es ist Zeit, kleiner David. Eben beginnt es zu dämmern." Noch müde, tastet David nach seinen Sachen und ist schnell reisefertig. Oh, wo ist Talar? Nein, in ihrem Korb ist sie nicht, nervös untersucht er nun all seine Sachen, rollt noch einmal die Decken auseinander, guckt in seinen Beutel. Nichts. Talar ist verschwunden. Ob sie wohl zur Quellenfrau zurückkriecht? Bestimmt hätte sie sich dann verabschiedet, oder?

Die Sonne hat sich vom Horizont gelöst und es ist hell und warm. Die Karawane hat ihren ebenmäßigen Schritt wieder aufgenommen. Auf Rosas Rücken sitzt ein kleiner Junge, er lässt den Kopf ein wenig hängen, nur noch den Wunsch, möglichst bald das Meer zu erreichen.

„Hallo, David", erklingt eine Stimme.

„Uuah…", schreit David laut und ist beinahe umgekippt. „Oh, Verzeihung, das ist nicht unsere Absicht gewesen", redet nun eine andere, vorsichtige Stimme.

Erschrocken schaut sich David um, woher die Stimmen kommen. Wie verblüfft ist er, als er zwei Libellen dicht an seinem linken Ohr fliegen sieht. Zwei wunderschöne Libellen.

Er ist sich nicht sicher, ob er schon jemals solche zauberhaften, blauschimmernden Libellen gesehen hat. Sie lassen sich auf dem Sitz unter dem Baldachin, direkt vor seiner Nase, nieder, und als sie den Sitz berühren, verwandeln sie sich blitzschnell, unter flirrenden Flügelschlägen, in zwei feingliedrige Gestalten.

Fast genauso groß wie David, sind sie jedoch viel zarter. Große dunkelblaue Augen, ein schmales Gesicht, kurze schwarze Haare. Beide tragen einen nachtblau, grünlich scheinenden Anzug und wirken mit ihren hellen, dünnen Armen und grazilen, langen Beinen leicht durchsichtig.

Sie strahlen David ins Gesicht, als ob sie von innen leuchten. Der fragt sich, ob er vielleicht schon wieder Phantasiegestalten vor sich hat.

„Hallo, David, tut uns leid, dass wir dich so erschreckt haben. Ich bin Filin und das ist Samoa. Freut uns, dich kennenzulernen. Wenn du möchtest, begleiten wir dich ein Stück." Langsam erholt sich David von seinem Schreck.

„Hat die Quellenfrau euch geschickt?", sieht er die Libellen fragend an. Filin nickt.

„Ich habe gedacht, ihr seid ganz gewöhnliche Libellen." „Sind wir ja, nur ist es so, in dieser Größe, einfacher für uns, mit dir zu reden."

Die Libelle hebt den Kopf, als rieche sie, welche Botschaft der Wind bringt.

„Na, ich glaube, es ist nur noch eine Tagesreise oder weniger bis zum Meer, was meinst du, Samoa?"

Samoa antwortet mit einem Kopfnicken und lächelt David an:

„Vielleicht sollen wir heute noch nach einem Platz Ausschau halten, wo wir alle auftanken können und du neues Wasser nachfüllen kannst. Wir haben auch einen weiten Weg hinter uns."

„Bestimmt finden wir bald Wasser", meint Filin, bevor David etwas sagen kann, „wenn Talar an der Spitze reitet." Fragend sieht David die Libelle an und folgt dann mit seinem Blick Filins ausgestrecktem Arm. Tatsächlich erspäht er nun die kleine Schlange. Den Kopf erhoben und vorgestreckt, liegt sie auf dem Hals der Leitschildkröte, als ob sie wirklich mit der Schildkröte redet, ihr den Weg beschreibt.

Lange kann sie dort doch noch nicht sein, fragt sich David, sonst hätte er sie wohl schon gesehen, oder?

Er wendet sich wieder den Libellen zu.

„Dann kennt ihr also die Insel der Träume, ja? Ich weiß nämlich nur, ich muss übers Meer. In dem Land dahinter soll ich einen See finden, über den ich die Träume-Insel erreiche." „Natürlich ist uns die Insel der Träume bekannt", erklärt Filin „weißt du etwa nichts über sie? Bevor ihr Menschen geboren werdet, träumt ihr zuerst auf dieser Insel.

Allerfeinste Lichtfäden ergeben das Muster für euer Erdendasein und wenn ihr euer Leben auf der Erde beginnt, kehrt eure Seele des Nachts zur Insel zurück und webt immer neue Fäden, die wie Blumenmuster aussehen, die sich ständig verändern."

„Wusstest du das nicht? Hast du denn keine Eltern oder Großeltern, die dir so etwas beibringen?", fragt Samoa erstaunt, als sie Davids verwundertes Gesicht sieht.

„Nein, das hab' ich nicht gewusst, meine Eltern haben leider nicht viel Zeit, sie müssen sehr viel arbeiten.

Ich gehe zur Schule, da lernen wir Kinder alles Mögliche, wie wir uns verhalten sollen, lesen, rechnen, basteln...,, ach, eben all so 'was. Aber keiner weiß etwas von der Insel der Träume, auch meine Eltern nicht, jedenfalls habe ich sie nie davon reden hören. Der Erste, der mir von der Insel erzählt hat, ist Karto gewesen. Für ihn soll ich ja den Schlüssel holen, damit er endlich aus dem Labyrinth freikommt."

Plötzlich werden die Schildkröten unruhig. David, der sich so an ihren immer gleichen Schritt gewöhnt hat, merkt es sofort. Auch die Libellen werden aufmerksam.

In weiter Ferne hebt sich ein strahlend grüner Fleck deutlich von dem verstaubten Grün der Steppenlandschaft ab. Ob es eine Wasserstelle ist? Misstrauisch, denn er kann seinen Augen ja wohl nicht immer trauen, überlegt David, was er davon halten soll. Allerdings sind die Schildkröten diesmal wie aufgeweckt, vielleicht täuscht er sich nicht. Hoffnungsvoll schaut er Filin und Samoa an, springt schließlich von Rosas Rücken herunter und bleibt im Laufschritt neben ihr, als glaube er, so schneller anzukommen.

Es dauert doch noch eine ganze Weile, bis die kleine Reisegruppe den grünen Ort erreicht.

Da ist sich David sicher, es ist keine Einbildung. Überglücklich streichelt er die vielen, blühenden Sträucher, einen Baum und was am schönsten ist, als er den kleinen See erblickt und seine Hände mit dem Wasser spielen lässt. Hier begrüßt auch Talar die Drei.

Freudestrahlend kniet sich David zu ihr auf den Boden und bedankt sich bei ihr dafür, dass sie Wasser gefunden hat. Etwas ernster erklärt er ihr, dass er sich schon Sorgen um sie gemacht und befürchtet hat, sie sei auf und davon. In der Gesellschaft von Filin, Samoa und Talar fühlt sich David nun nicht mehr so allein. Alle, natürlich auch die Schildkröten, beschließen, bis zum nächsten Morgen am See zu bleiben. Die beiden Libellen berichten David, was sie über die Insel der Träume wissen. „Zuerst musst du den Fährmann rufen, damit er dich übers Meer bringt. Dann, wenn du auf dem Land der anderen Seite ankommst, suchst du den See. Allerdings liegt der auf einem Berg.

Der See ist früher einmal ein recht kleiner See gewesen, von einem Fluss genährt, der einen großen Teil des Landes mit Wasser versorgte. Diesen See haben die Menschen dort irgendwann, schon vor langer Zeit vergrößert, indem sie den Fluss gestaut haben...".

„Moment", unterbricht David Filins Erzählung. „Warte mal, langsam. Sag' mir erst nochmal, was es mit dem Fährmann auf sich hat, wie kann ich ihn denn herbeirufen?"

„Du musst üben, ihn herbeizuwünschen, und dir so lange vorstellen, dass er kommt, bis er erscheint und dich mitnimmt." „O je, wie lange soll denn das dauern?", David seufzt. „Ich weiß nicht, ob ich das schaffe."

„Doch, das wirst du", mischt sich jetzt Samoa ein und versucht, ihn zu ermutigen, „glaub' mir."

„Mir bleibt wohl keine andere Wahl, oder?" „Nein, es ist auch nicht so schwer, wie du es dir vielleicht vorstellst", antwortet Filin.

„Wieso haben die Bewohner des Landes der anderen Seite den Fluss gestaut?"

Diesmal ist es Samoa, die ihm mehr erzählt.

„Das Alles ist eine längere Geschichte. Also, in der Nähe des besagten Sees hat es einen Vulkan gegeben, einen alten Vulkan, einst wild und feurig, die heiße Erde um sich schleudernd, welche sich in fruchtbarstes Land verwandelt hat. Und genauso wie der Vulkan ist der bewusste Eingang zur Insel der Träume auch ganz nah an diesem See. Nur noch Wenige haben überhaupt gewusst, wo sie den Eingang zur Insel tagsüber, also nicht nur im Traum, finden. Die meisten Herzen haben schon damals den Weg nicht mehr gekannt. Weil sie den Vulkan gefürchtet haben, wurde der Berg verändert, der Fluss umgelenkt und der See viel tiefer und breiter, sodass der Vulkan jetzt versenkt ist und der Zugang zur Insel der Träume in ihm unzugänglich verborgen liegt. Beide haben die Menschen vergessen, den Vulkan und den Eingang, und seither fühlen sie sich sicher." Da ist David völlig verzweifelt.

„Wie soll ich denn jemals diesen Eingang finden, wenn er unter einem See begraben ist und niemand ihn mehr kennt?" Er ist nahe daran, in Tränen auszubrechen und zugleich wütend auf alles, das ihn in diese Geschichte verwickelt hat. Zornig schreit er: „Ich weiß nicht, wie ich das schaffen soll!

Wieso gerade ich, hätte nicht jemand anders den Schlüssel holen können?"

David ist aufgesprungen und läuft einfach weg, er läuft und läuft, bis er den See fast umrundet hat, und lässt sich dann plötzlich auf die staubige, sandige Erde fallen. Seinen Kopf auf den Knien, kauert er am Boden und die Tränen fließen, versickern in der Erde.

Nach einer Weile berührt ihn Samoa sanft an der Schulter, „Filin und ich werden dich begleiten."

Betrübt geht David, schlürfenden Schrittes, mit Filin und Samoa zu den Schildkröten zurück, die sich bereits aneinandergeschmiegt schlafen gelegt haben.

„Danke, dass ihr mit mir kommt, ohne eure Hilfe wäre ich bestimmt verloren", meint David leise.

„Jeder kann Unterstützung bekommen, wenn er bereit ist, sie anzunehmen."

Ach, Talar, wo ist sie? David findet sie bei seinen Sachen, zusammengerollt liegt sie da und hebt den Kopf ein wenig, als sie ihn bemerkt. Er glaubt, dass sie ihn einfach versteht, und hat sich bereits an ihre stille Anwesenheit gewöhnt. Vor dem Einschlafen tauchen verschwommene Bilder eines riesigen, dunklen Sees vor ihm auf. Rotglühende, flüssige Erde wird aus einem riesigen Krater gespuckt und er sieht sich, nach einer Tür suchend, umherirren.

Dann umfängt ihn die Nacht mit bedrückender Dunkelheit.

# Am Meer

Mit zusammengesunkenen Schultern sitzt ein kleiner Junge auf seiner Schildkröte und blickt einfach stumpf vor sich hin. Die beiden Libellen, die sich immer wieder auch in ihre ursprüngliche Fluggestalt zurückverwandeln, fliegen mal weiter vorne, mal neben David oder entfernen sich für kurze Zeit auch schon mal von der Karawane.

„Heute scheint ein Sturm heraufzuziehen", spricht Rosa David an und schafft es, dass er seinen Blick einmal zum Himmel hebt.

„Bete, dass wir das Meer vorher erreichen!"

„Auch das noch", entgleitet es dem Jungen, „was geht hier eigentlich nicht schief." Erwartungsvoll ergibt er sich: „Wenn es so sein soll. Was dann, Rosa?"

„Das besprechen wir, wenn es soweit ist."

Zwischendurch läuft David wieder selbst ein Stück zu Fuß, damit seine Beine nicht so langsam einrosten, ansonsten liegt er unter dem Baldachin auf Rosas Rücken und überlässt sich dösend dem Schaukeln der Schildkröte.

Heute plagen ihn immer neue Sorgen. Wie lange reicht wohl sein Wasservorrat? Und findet er auf der anderen Seite des Meeres genügend zu essen? Hoffentlich schafft er es überhaupt, den Fährmann zu rufen.

Der Himmel verdunkelt sich zusehends und der Wind treibt schon hier und da Zweige, verdorrtes Geäst vor sich her und wirbelt trockene Erde durch die Luft. Da stürzt Filin zu ihnen, dicht gefolgt von Samoa. Blitzschnell verwandeln sie sich. „Das Meer, wir sind da, es ist nicht mehr weit. Hinter den Bäumen dort geht es ein Stück bergab und dann seht ihr es schon." Jetzt ist es David, als könne er das Meer bereits hören. Ist es nur der Wind der Steppe oder hat er sich mit dem Meereswind verwoben?

Die Schildkröten bahnen sich langsam ihren Weg durch niedrige Sträucher. Dichtes Gestrüpp macht ihnen das Fortkommen schwer und der Boden wird zunehmend steiniger. Nach und nach passieren sie eine ganze Reihe vereinzelt stehender Bäume. Dahinter erstreckt sich, in sanften Hügeln abfallend, eine ausgedehnte Küstenlandschaft.

Zerklüftete Felsrücken, mit hohen Gräsern bewachsen, vermengen sich mit sandigem, steinigem Boden.

Erschrocken sieht David das Meer. Grau ist es, die Wellen springen, überspülen das Land, als ob sie es mit sich fortreißen wollten. Nein, kein liebliches, romantisches Meer. Unruhig, tobend, wütend, wie ein verzweifeltes, kämpfendes Tier stürzt es unaufhörlich auf den Strand zu. Noch ist der Wind eher ausgelassen als fürchterlich. Alle blicken zum Meer und sind wie gebannt. Dieses Donnern und Rauschen.

Davids Herz weitet sich und er atmet den Wind tief, tief ein, füllt seine Lungen und was gerade noch bedrohlich geklungen hat, ist auf einmal wie Gesang in seinen Ohren und erfüllt die niedrigen Felsen mit weichem Säuseln.

Urplötzlich legt sich der Wind, als habe er einem Feind ins Gesicht gesehen oder ein mildes Wort ihn beruhigt. Die Wellen werden flacher und laufen seicht am Ufer aus. Auch der Himmel, zwar noch dunkelgrau, lässt die Wolken weiterziehen, eilig, sodass es hier und da aufklart.

Verblüfft betrachten die Reisenden diese Verwandlung vor ihren Augen, wie das Wasser jetzt sanft schaukelt und Vogelstimmen deutlich den Strand beleben.

„Du hast es geschafft, David", blickt Rosa sich zu ihm um. „Ach, das wäre schön, aber hier ist ja erst ein Teil meiner Reise vorbei, wer weiß, was noch alles auf mich wartet." „Erinnere dich an diesen Sturm, an das Meer, wenn du verzweifelst."

Dann ist die Schildkröte wieder still. Ganz erleichtert, dass der Wind sich gelegt hat, erscheinen sogleich die Libellen, wechseln ihre Gestalt und setzen sich in ihren schimmernd, blauen Anzügen direkt ans Wasser.

„Komm", ruft Samoa.

David nimmt Talar und setzt sich zu den Beiden in den Sand. Wie friedlich das Meer jetzt ist, denkt er, während sein Blick über das tiefblaue Wasser schweift und sich in dem strahlenden Himmel verliert. Er fühlt diese Weite, wie ein Rausch. Doch dann fällt ihm wieder ein, dass er das Meer ja überqueren muss. Ob es schwer wird, den Fährmann zu rufen, was kommt wohl hinter dem Meer, trifft er dort vielleicht andere Menschen? Fragen, Fragen, immer neue Fragen, die ihm die Luft zum Atmen nehmen.

„Hey, David, du kannst ruhig schon anfangen und den Fährmann rufen, anstatt hier zu sitzen und zu grübeln", tippt Filin ihn an die Schulter. Samoa hält David einen Apfel von der Quellenfrau unter die Nase.

„Iss erstmal, danach kannst du auch noch anfangen.". Schweigend beginnt David zu essen. Talar guckt ihn eine Weile an und macht sich dann in ihrer schlängelnden Art auf den Weg zurück zu Rosa, wo sie sich zwischen Davids Habseligkeiten verkriecht. Die Karawane hat sich mittlerweile aufgelöst und die Schildkröten haben sich in kleineren Gruppen zu dritt oder viert in geschützten Nischen zwischen den niedrigen Felsen ihre Plätze gesucht.

„Was, glaubt ihr, genau liegt hinter dem Meer? Seid ihr schon einmal dort gewesen?", wendet sich David an Filin und Samoa.

„Nein, wir auch noch nicht", erklärt Samoa.

„Aber wir haben versprochen, dich zu begleiten, wenigstens bis du den See gefunden hast. Ruf den Fährmann, los, stell es dir einfach ganz fest vor, wie er hierhin kommt." „Wartet noch", unterbricht David die Libellen, „ich möchte mich erst verabschieden."

Langsam rappelt er sich hoch und geht lächelnd zu Talar. Sie liegt neben ihrem alten Weidenkorb, den sie schon längst nicht mehr braucht. Als habe sie auf ihn gewartet, hebt sie den Kopf und dabei ist es David, als ob ihre Augen ihn ebenfalls anlächeln. Behutsam streichelt er über Talars Kopf.

„Danke, dass du mit mir gekommen bist, Talar, ohne dich hätte ich bestimmt kein Wasser gefunden. Gehst du allein zurück?" Die kleine Schlange antwortet ihm mit einigen Zischlauten, ihre Augen funkeln, dann wendet sie sich um und kriecht davon.

Die Schildkröten haben es sich gemütlich gemacht. Manch eine hebt den Kopf oder nickt ihm zu, als David sich von ihnen verabschiedet. Zum Schluss kommt er zu Rosa, die so da liegt, als schlafe sie schon. Während er sie so betrachtet, hat er das Gefühl, mindestens eine halbe Ewigkeit auf ihrem Rücken gesessen zu haben. Leise spricht er zu ihr:

„Auch bei dir möchte ich mich bedanken, dass du mich mitgenommen hast, wie wäre ich wohl sonst durch diese Ödnis gelangt. Ich hätte mich auch gerne mehr mit dir unterhalten, aber ihr Schildkröten scheint das nicht so zu mögen. Vielleicht sehen wir uns ja wieder, wenn ich zurückkomme.

"Rosa hört ihn, obschon sie gerade wirklich ein kleines Schläfchen in dieser duftenden Meeresluft macht. Sie öffnet erst ein, dann das zweite Auge. Dann tut sie einen tiefen Atemzug:

„Selten kehrt ein Reisender auf dem Weg zurück, den er gekommen ist. Gute Reise, mein Junge, und auf Wiedersehen."

# David und der Fährmann

„Bist du bereit, David?", Samoa flattert um Davids Kopf herum, Filin hat sich schon in seine größere Gestalt verwandelt und erklärt ihm weiter, dass die beiden Libellen in seiner Nähe bleiben.

Nun sitzt David am Strand, Samoa und Filin nicht weit, und er guckt sich an, wie die Sonne langsam sinkt. Irgendwann schließt er die Augen, lauscht dem Meer und versucht, sich den Fährmann vorzustellen. Wie der wohl aussieht? Vielleicht wie ein alter Seeräuber, nein, eher ein langbärtiger, weißhaariger Mann. Ja und die Fähre, wie kann sie aussehen? Groß, jedenfalls nicht so klein, das Meer ist ja schon riesig genug. Seine Vorstellung bleibt schließlich an dem Bild eines nicht ganz alten Mannes haften, der ihn am Strand erwartet.

Die Segel des doch recht großen Schiffes flattern hinter ihm im Wind. Dieses innere Bild stellt David sich eine ganze Weile vor und spricht dabei Worte vor sich hin, die ihm einfach so in den Sinn kommen, ohne dass er viel nachdenkt:

„Hör mich, Fährmann, komm hierher und bring mich übers Meer."

Ein paarmal wiederholt er diesen Satz leise. Niemand ist darauf vorbereitet, dass David plötzlich aufspringt. Filin und Samoa zucken zusammen und Samoa ist vor Schreck kurzerhand zur kleinen, fliegenden Libelle geworden. Suchend dreht sich der Junge jetzt zu den beiden Libellen um. „Was ist, wenn es nicht klappt? Was ist mit Karto und was soll aus mir werden, wenn der Fährmann nicht auftaucht?

Wie…?"
„Schscht!"

Samoa fliegt um David herum, setzt sich, wieder in voller Größe, ihm direkt gegenüber.

„Sei still", fast schreit sie ihn an.

„Ruhig, du verdirbst ja alles. Deine ganze Mühe ist umsonst, wenn du nun ausgerechnet an alle Probleme denkst. Was, wenn, wieso…? Bleib bei deinem Bild und nur dabei und wir sehen und warten einfach, was passiert. Dieser Tag ist bereits bald zu Ende, wir brauchen vielleicht erstmal ein bisschen Schlaf, was meinst du?"

„Ja, das ist wohl das Beste", antwortet ihr David, ganz überrascht von Samoas heftiger Reaktion.

Also macht sich David daran, sein Nachtlager vorzubereiten. Auf einmal spürt er, wie groß sein Hunger ist.

Nachdenklich betrachtet er das restliche Brot, was er noch findet. Was ist, wenn er das letzte Stück gegessen hat? Da ist doch noch das Glas Blütenhonig von der alten Frau. Soll er es öffnen? Als er hochblickt, guckt er Filin direkt ins Gesicht. Filin sieht ihn nur schweigend an, aber als habe er seine Gedanken gelesen. Langsam lässt David das Glas wieder in seinen Beutel gleiten.

„Schon gut."

Müde legt David sich in seine Decken. Wie schön es ist, unter freiem Himmel zu schlafen, zu beobachten, wie die Sterne langsam aufgehen. Für eine kleine Weile vergisst er all seine Sorgen. Filin und Samoa haben sich neben ihn gelegt und Filin versucht diesmal, ihn zu trösten.

„Du wirst es schon schaffen." „Ich hoffe es", antwortet David. „Und nun gute Nacht", murmelt Samoa. „Ja, gute Nacht, ihr Beiden."

Früh am nächsten Tag blinzelt die Morgensonne auf Davids Haar. Der streckt sich und weiß im ersten Moment gar nicht, wo er ist. Das Rauschen des Meeres hat ihn am Abend in den Schlaf getragen, wie ein sanftes Schaukeln, in eine traumlose Nacht. Jetzt, als er wach ist und ihm wieder einfällt, wo er ist, kriecht sogleich die Aufregung in ihm wieder hoch, ob es klappt, den Fährmann zu rufen. Samoa macht ihm den Vorschlag, dass die beiden Libellen sich links und rechts neben ihn setzen und ihn innerlich unterstützen. Lächelnd bemerkt David, dass er die Idee sehr gut findet und dass er wirklich froh ist, dass die Beiden bei ihm sind. Also sitzen sie zu dritt im Sand und blicken auf das unaufhörlich rollende Wasser. Tiefes Blau, schimmernd, worauf das Sonnenlicht glitzernd tanzt, ein funkelndes Strahlen nimmt die Augen gefangen. Ohne dass David es merkt, schließen sich seine Augenlider und er sieht sich selbst in einem winzig kleinen Boot, wie in einer kleinen Nussschale, die auf dem Wasser treibt. Im Rhythmus seines Atmens schaukelt sein Boot und bewegt sich langsam, wie auf einem unsichtbaren Pfad, über das riesige Wasser. Um ihn herum ist nur noch das Meer. Der Fährmann, wo bleibt er nur...

Der Gedanke verschwimmt allmählich mit dem Wiegen seines kleinen Schiffchens. David treibt weiter und weiter, wird wie das Glitzern im Wasser, das Spiel von hell und dunkel, das Auf und Ab der Wellen. Sein Atem wird ruhiger und flach, das Wasser bewegt sich nur noch sanft, leise, weich und... bleibt schließlich still.

Da durchfährt es ihn wie ein Blitz, was will er noch, wo ist er? Und heftig beginnt er zu atmen, das Meer erhebt sich und große Wellen türmen sich auf, sein kleines Boot schaukelt schnell, wild und im nächsten Moment stürzt David, reißt plötzlich die Augen auf und sitzt am Strand.

Hastig nach Luft schnappend, bemerkt er, dass Samoa und Filin ganz ruhig neben ihm sitzen, das Gesicht dem Meer zugewandt. Beide haben die Augen geschlossen. Wie lange sie wohl schon hier sitzen? David hat kein Gefühl dafür, wie viel Zeit bereits vergangen ist. Die Sonne steht schon ziemlich hoch. Samoa, die seine Unruhe bemerkt, öffnet leicht ihr rechtes Auge und schaut ihn von der Seite an.

„Du brauchst anscheinend eine Pause, hm? Lass uns etwas essen und trinken und ein bisschen fliegen, ach, ich meine natürlich die Beine vertreten."

Lächelnd guckt sie David an, der ganz blass aussieht. „Du, Filin, komm, wir suchen etwas Essbares."

Filin macht einfach nur die Augen auf.

„Wie du meinst. Können wir dich eine Weile hier allein lassen, David?"

„Ja, das ist schon in Ordnung."

Während die beiden Libellen sich verwandelt haben und davon geflogen sind, läuft David ein Stück am Strand auf und ab. Mit seinen nackten Füßen streift er durch den Sand, wobei er erwartungsvoll auf das Meer hinausblickt. Heute ist das Meer ruhiger. Ganz angestrengt hält er Ausschau. Kommt da nicht in weiter Ferne tatsächlich ein Schiff, ein kleines Segelschiff? Vielleicht kann der Fährmann ihm ja noch mehr über die Insel der Träume erzählen. Er wartet und starrt auf den Horizont. Nein, doch nicht. Enttäuscht stellt er nach kurzer Zeit fest, dass das Meer leer bleibt. Das Wasser schwappt in unaufhörlichen Wellen, ein paar Vögel kreisen etwas voraus in der nächsten Bucht.

Sonst nichts.

Schließlich macht David kehrt, schlendert zu seinen Sachen zurück und isst sein letztes Stück Brot. Diesmal schiebt er seine Sorge darüber, was er demnächst essen soll, beiseite, weil er innerlich viel zu sehr mit dem Fährmann beschäftigt ist.

Es dauert nicht lange, da kommen auch Filin und Samoa angeschwirrt und alle drei machen sich wieder an die Arbeit, den Fährmann zu rufen. David setzt sich zwischen die Beiden und ohne ein weiteres Wort zu verlieren, stellt er sich einen älteren Mann vor, wie er sie über das Meer bringt.

Fast unmerklich ist die Luft kälter geworden. David schließt seine Augen und auch die Libellen scheinen ganz in sich versunken zu sein.

Das zuvor klare Blau des Himmels verdunkelt sich. Immer mehr Wolken finden sich zusammen und der Wind treibt sie vor sich her. Langsam steigt Nebel herauf, ergreift das Meer und hüllt es in einen grauen Schleier. Dunkel strömen die Wellen an den Strand. David fühlt das Wasser näher kommen und wie sich eine kühle Feuchtigkeit auf seine Haut legt.

Auf einmal macht David seine Augen wieder auf. Staunend blickt er auf das verwandelte Meer, das nun nicht mehr offen und weit vor ihm liegt, sondern wie eine näher rückende Wand erscheint, Da, er sieht, wie sich der Nebel jetzt teilt und den Blick freigibt auf einen Teil des düster, unruhig treibenden Meeres. Filin ruft plötzlich:

„Seht!"

Samoa und David sind auch aufgesprungen, als sie erkennen, dass ein kleines Boot mit mehreren Segeln auftaucht. Deutlich zu sehen, steht eine aufrechte Gestalt auf dem Boot. Das muss der Fährmann sein, eine Gestalt, in einen Kapuzenumhang gehüllt, ganz in Grau. Das Gesicht ist nicht zu erkennen. Langsam und ruhig gleitet das Boot auf sie zu. Der Fährmann hebt die Hand, als wolle er sie begrüßen, aber er spricht kein Wort.

Uuuuh! David ist es unheimlich zumute. Das Schiff wirkt so gespenstisch, soll er es wirklich betreten?

„Samoa, Filin", flüsternd spricht er mit den Beiden und lässt dabei den Fährmann nicht aus den Augen, „meint ihr, das ist der Richtige? Wieso redet er nicht?"

Es ist so still und diese Stille kommt David so komisch vor. Die beiden Libellen sehen ihn an und reden auch ganz leise:

„Ja, das ist wohl der Fährmann, außerdem fliegen wir ja mit dir."

Wartend steht der Fährmann auf dem Boot. Er hat sich noch nicht bewegt. Als David ihn nun genauer betrachtet, stellt er fest, dass dieser eine Art Maske trägt, etwas heller als sein Mantel, ganz glatt, wie aus Marmor. Graue Augen blicken tief in ihn hinein. Aber er bleibt ganz ruhig. Es geht nichts Bedrohliches von ihm aus, einfach nur Stille.

Eine Strickleiter fällt ins Wasser, der Fährmann dreht kaum sichtbar seinen Kopf, als wolle er David damit andeuten, über diese Leiter an Bord zu kommen. Eilig schnappt sich der Junge seine Sachen und watet durch das Wasser.

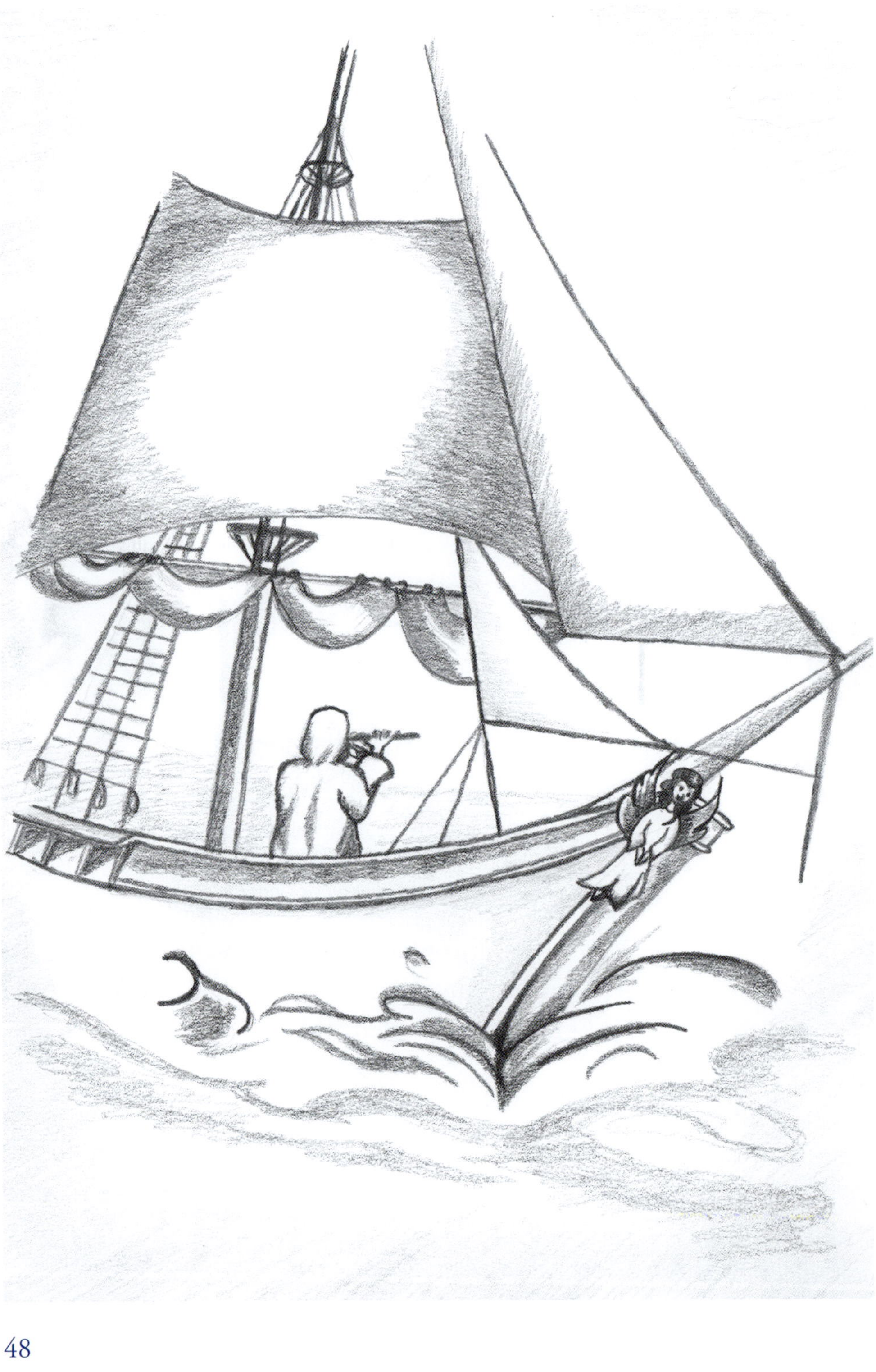

Mit den Libellen an seiner Seite klettert er geschickt die Strickleiter hoch und betritt aufgeregt, auch neugierig, das kleine Schiff. Mit einer Hand zeigt der Fährmann auf eine schlichte Holzkiste, die anscheinend gleichzeitig als Bank dient.

Vorsichtig um sich blickend und ein klein wenig schwankend, geht David zu diesem Sitz. Filin und Samoa landen erstmal auf dieser Kiste, David dagegen legt seine Habseligkeiten auf den Boden, neben die Holzkiste, und kauert sich daneben.

Zwar hat das Segelboot Segel, Taue, Masten und eben mehrere von diesen Kisten, beziehungsweise Bänken, aber eine Kajüte oder einen Laderaum scheint es nicht zu geben. Verwundert schaut sich David weiter um. Merkwürdig, wo ist denn die Mannschaft, wer hat die Strickleiter wieder zusammengerollt und an Deck gelegt?

David fröstelt es. Langsam, ganz vorsichtig wickelt er sich in seine Decken, so zögerlich, als wolle er den Fährmann lieber nicht mit schnellen Bewegungen verärgern. Eigentlich wünscht er sich mehr, unsichtbar zu sein.

Filin fliegt auf ihn zu und lenkt seinen Blick zum Fährmann, der sich fast völlig von David abgewandt hat. Nun holt er etwas aus seinem Gewand hervor, David glaubt, dass es eine Flöte ist. Und tatsächlich hält er sie an den Mund und beginnt zu spielen. Als die ersten sehnsuchtsvollen Flötentöne erklingen, setzt sich das Boot in Bewegung. Die Überfahrt beginnt. Schwebend, beinahe so, als trage eine unsichtbare Hand das kleine Schiff, gleitet es geräuschlos über das Wasser, fort vom Ufer. Langsam entfernen sie sich vom Strand. Es ist noch immer nebelig und wird allmählich Nacht. Wie in einer großen Blase schwimmt das Segelboot dahin und der Nebel weicht vor ihm zur Seite.

Bewegungslos steht der Fährmann da, seinen Blick dem Meer zugewandt, und spielt ununterbrochen auf seiner langen, dunklen Flöte. Er entlockt ihr unbeschreiblich schöne Melodien und es ist David, als nähmen diese Töne sein Herz mit, trügen es über das Meer. Er hat gar nicht mehr so viel Angst, ist vielleicht sogar ein bisschen gespannt, was ihn in diesem Land jenseits des Meeres erwartet.

# Die Sternenfrau

Samoa und Filin haben sich auf seinem Gepäck niedergelassen, kauern zusammen in einer Falte seiner Jacke. David selbst bleibt in seine Decken gehüllt, an die Kiste gelehnt, sitzen. Er hält nach den Sternen Ausschau, was aber der Nebel unmöglich macht. Nur ein ganz leichtes, sanftes Schaukeln ist zu spüren. Ein feiner Wind bläst in das Segel und der Fährmann spielt dazu. Er hat David überhaupt nicht weiter beachtet, sondern ist stumm geblieben. Und David hat sich erst gar nicht getraut, ihn anzusprechen. Auch die Libellen haben kein Wort mit ihm gewechselt. Alle Drei sind still und der Fährmann interessiert sich nicht für sie.

Langsam wird David müde, er sinkt immer weiter nach unten, bemüht sich aber verzweifelt, seine Augen aufzuhalten. Ein buntes Durcheinander von Bildern tanzt vor seinen Augen, seine Eltern, Freunde, Karto..., während er der Flöte lauscht. Sein Herz wird ganz leicht. Eigentlich möchte er gerne wach bleiben und mitbekommen, was um ihn herum passiert - aber kurz darauf ist er doch eingeschlafen. Und das Boot gleitet leise durch die Nacht.

„Wach auf, David", flüstert Samoa vorsichtig in sein Ohr. „Wir sind da."

David hat anscheinend ganz tief geschlafen, mühsam öffnet er nun langsam seine Augen. Genau, jetzt erinnert er sich, sie sind auf dem Schiff des Fährmanns. Trotz der Decken ist ihm zum ersten Mal seit Beginn seiner Reise kalt geworden. Er schüttelt sich, springt dann aber sofort auf. Das Schiff ist so wie am Abend von Nebelschwaden umwoben, sodass David zwar das Ufer erkennen kann, das Land jedoch im nebligen Grau verborgen bleibt. Enttäuscht sieht er Filin und Samoa an, die Beide neben ihm stehen.

Plötzlich bemerkt David auch den Fährmann an seiner Seite. Ganz dicht. Er trägt noch immer diese Maske. Welches Gesicht sie wohl verheimlicht? Ein bisschen traut sich David, ihn anzusehen, spürt, wie diese Augen sein Gesicht abtasten, darin lesen, und senkt schließlich seinen Blick. Auch in diesem Moment nimmt er wieder die Stille wahr, die von dem Fährmann ausgeht.

Filin spricht diesmal leise mit David, sagt ihm, dass er dem Fährmann das Glas mit dem Blütenhonig geben soll und sie dann von Bord gehen. Erstaunt guckt David zu Filin, dann zum Fährmann, eilt zu seinen Sachen, wo er das Glas herauskramt. Also dafür ist der Blütenhonig vorgesehen. Lächelnd, aber etwas unsicher hält er es dem Fährmann hin.

„Dies ist ein Geschenk von der Quellenfrau. Danke, dass du mich hergebracht hast."

Ich hätte dich gerne noch mehr gefragt, denkt er, spricht es aber nicht aus.

Langsam, ohne auch nur zu zwinkern oder irgendeine Regung zu zeigen, nimmt der Fährmann das Glas an sich. Hat er leicht genickt? Wohl eher nicht. Seufzend packt David seine Taschen und Decken und klettert von Bord.

Hier strahlt ihm kristallklares Wasser entgegen. Je näher die Drei dem Strand kommen, wobei die Libellen allerdings fliegen, umso heller wird es und der Nebel löst sich immer mehr auf. Das Ufer besteht nur aus einem schmalen Streifen von grobem Sand, dahinter erhebt sich, so weit der Nebel den Blick freigibt, eine dicht bewachsene Hügellandschaft. Als sie den Sand überqueren, stehen sie vor unzähligen Sträuchern, Bäumen und Gräsern und David wundert sich, wie weich der Boden ist. Ein Teppich aus Moos und Kräutern. Die unterschiedlichsten Früchte wachsen hier in bunter Vielfalt. Die Libellen haben sich schon vorgetastet, sie schwärmen von den süßen Früchten, die David eher etwas misstrauisch betrachtet. Wer weiß, ob sie genießbar sind, vielleicht sind manche sogar giftig?

„Ihr esst Früchte und auch noch welche, die ihr nicht mal kennt?"

„Mmm," erwidert Filin schmatzend, „wir haben dir ja gesagt, dass wir zu einer ganz gewöhnlichen Libellenart gehören, aber eben zu einem sehr alten Stamm, und außerdem gibt es diese Früchte auch ganz in der Nähe der Quellen, du kannst sie also ohne Bedenken essen."

Na dann, denkt David und pflückt jetzt ebenso gierig von den Früchten wie die Beiden. Als er sich dabei noch mal umsieht und zum Meer schaut, reißt er verwundert die Augen auf. Das Meer ist leer. Dort ist kein Nebel mehr, kein Segel, kein Schiff, nichts, der Fährmann und sein Boot sind verschwunden. Das Land ist jedoch größtenteils von Nebelschwaden überzogen und David fragt sich im Stillen, wie er wohl diesen Bergsee finden soll. Samoa, als habe sie seine Gedanken erraten, meint nur:

„Hab Vertrauen, wir gehen erstmal ins Landesinnere, einverstanden?"

„Ja, gut, aber zuerst nehme ich noch mehr von den Früchten hier als Proviant. Glaubt ihr, es ist hier gefährlich?" Außer ein paar Vögeln scheint es keine anderen Bewohner zu geben, soweit sich das jetzt schon sagen lässt.

„Auf jeden Fall ist es ratsam, sehr aufmerksam durch diese Wildnis zu gehen", findet Filin.

Bei längerem Betrachten erkennt David ein paar schmale, gewundene Pfade, die in den Wald hineinführen, kaum noch sichtbar, mögen es früher einmal breitere Wege gewesen sein. „Wir fliegen vor", meint Samoa.

So machen sie sich auf den Weg. Die Sonne steht schon hoch und es ist angenehm warm, obwohl kein Wind geht. Eigentlich kommen sie auch zügig voran, da sie einem dieser alten Wege folgen.

Nach einer Weile, mal durch dichte Baumgruppen oder kleinere freiere Flächen, wo viele Gräser wachsen, über immer neue, niedrige Hügel, ist es David, als kenne er den Weg bereits, seine Füße gehen einfach. Aber gleichzeitig kommt es ihm so vor, als verblasse das Sonnenlicht und ein Schleier von Grau bedecke den Himmel. Wenn er hochblickt, sieht er das strahlende Blau wie zuvor, nur seine Gefühle drücken ihn und jeder Schritt erscheint ihm unendlich schwer.

„David, siehst du dort weiter hinten in der Ferne, das könnte der Berg sein. Er ist viel höher als die kleinen Berge, die wir bisher hoch- und runtergeklettert sind. Vielleicht haben wir Glück", reden Samoa und Filin durcheinander.

„Ich glaube, das schaffen wir heute nicht mehr, ich bin schon so müde."

„Ein bisschen müssen dich deine Beine noch tragen, wir suchen uns erst einen Platz zum Schlafen."

Auf ihrer Wanderung treffen sie mehrere Male auf zerfallene, alte Häuser, manche mit eingedrücktem Dach, andere bestehen oft nur noch aus Resten niedriger Mauern. Immer sind diese Häuserruinen von Grün überwuchert und David denkt, dass die Menschen diesen Teil des Landes wohl schon vor langer Zeit verlassen haben. Trotzdem bleibt er vorsichtig und achtet auf jedes Geräusch.

Schließlich entscheiden sie, einen größeren, alten Baum zu ihrem Schlafplatz auszuwählen, dessen Stamm ganz dick und sehr verzweigt ist und sich in geringer Höhe in drei massive Äste aufteilt, wodurch sich eine bequeme Mulde formt, gerade groß genug, dass David für die Nacht dort ausruhen kann. Samoa und Filin sind schon wieder damit beschäftigt, hier und da von ein paar Früchten zu naschen, und versprechen David, gleich zu ihm zurückzukommen. David dagegen fühlt sich müde und schwer.

Er breitet seine Decken aus, trinkt etwas Wasser und denkt darüber nach, wie er wohl trinkbares Wasser findet, von den Früchten allein kann er seinen Durst nicht lange stillen.

Schnell wird es jetzt dunkel und David ruft leise nach den Libellen, deren Stimmengesang er ziemlich dicht bei sich vernimmt.

„Hey, Samoa und Filin, was ist mit euch, seid ihr denn gar nicht müde?"

„Doch, doch."

Samoa fliegt ganz nah an seinem Ohr vorbei und gähnt ihm einmal herzhaft hinein. „Wir bleiben heute Nacht besser in Flugform, dann hast du mehr Platz."

„Ja gut", murmelt David und ist schon so gut wie eingeschlafen. Noch währenddessen wundert er sich, warum so viele kleine Augenpaare ihn beobachten, Dann ist er endgültig in Schlaf gesunken. Tatsächlich bemerken auch die Libellen die vielen Augenpaare, die ihnen natürlich riesig erscheinen. Leise tuschelnd rätseln sie, wem die Augen gehören können, Aber all die Augen bleiben unbewegt und still und nach einer Weile werden es weniger.

Die Nacht verstreicht langsam in dunkler, tiefer Schönheit. David wälzt sich ein paarmal hin und her, gerade so, dass er nicht fällt, und spricht undeutlich im Schlaf. In einem Traum sieht er von seinem Baumnest direkt in den Sternenhimmel. Funkelnde Lichter, glitzernde Sterne reihen sich aneinander und formen das Bild einer wunderschönen Sternenfrau, einer Fee, mit sanften Augen und diamantenem Haar. Strahlend hell beugt sie sich über David:

„Habe keine Angst. Nimm den direkten Weg zum Berg. In zwei Tagen leuchtet dir der Vollmond und zeigt dir den Eingang zur Insel der Träume. Dort, wo der Mond auf den See trifft, nimm den Stein weg und tauche hindurch. Frag die Delphine."

David ist wie verzaubert. Die Fee erfüllt sein Herz mit Licht und Wärme und er fühlt sich sicher und geborgen. Nachdem sie mit ihm gesprochen hat, verblasst ihre Gestalt und die Sterne leuchten verstreut über den nachtdunklen Himmel.

Hat er geträumt oder hat er sie wirklich gesehen? Jedenfalls erinnert er sich genau an ihre Worte.

David weckt Samoa und Filin und erzählt ihnen von der Sternenfee.

„Oh, das ist ja phantastisch, David. Jetzt weißt du doch schon wieder etwas mehr", begeistert sich Samoa. „Lasst uns direkt aufbrechen, es dämmert bereits", findet Filin.

„Ja, das ist das Beste. Hoffentlich schaffen wir das auch in zwei Tagen oben bis zum Bergsee."

Besorgt richtet David seinen Blick in die Ferne.

Die Libellen fliegen, wie schon so oft, voraus. David ist immer noch sehr müde. Der Weg, den sie gehen, kommt ihm, wie am Vortag, ganz vertraut vor. Er geht nur noch langsam, schleppend, die Beine sind so schwer, so anstrengend ist es zu gehen. Alle Leichtigkeit scheint von ihm geflohen zu sein. Und er ist traurig und unendlich müde. Was ist mit den Libellen, sie sind wendig und schnell wie immer.

Bald ist jeder Schritt eine Qual, sein Atem nur noch ganz flach.

Plötzlich sieht Filin, wie David zusammensackt.

„Hey, was ist…?"

„So schwer", flüstert David.

„Schnell, Samoa, such den Fluss, ganz in der Nähe, er braucht dringend Wasser."

Beide haben ihre größere Gestalt angenommen. Filin kniet neben David und Samoa läuft los. Der Junge atmet mühsam und liegt mit geschlossenen Augen am Boden.

Samoa kommt sogar sehr schnell mit Davids gefüllter Wasserflasche zurück.

„Trink, David, frisches Wasser."

Sie stützt ihn und hält David die Flasche an den Mund. Während David seine Augen langsam wieder aufmacht, kehrt Leben in sein Gesicht zurück und ein Lächeln huscht über sein Gesicht. „Du hast uns einen ganz schönen Schrecken eingejagt." Samoa blickt ihn streng und zugleich liebevoll an. „Na, was meinst du, kannst du weitergehen?", fragt Filin. „Ja, ich glaube schon. Mir ist eben einfach schwindelig geworden, aber jetzt geht's wieder." „Vielleicht schaffen wir es heute noch bis zum Fuß des Berges. Lasst uns dem Fluss folgen, er führt uns bestimmt geradewegs zum Berg. Es ist nicht weit von hier", erklärt Samoa.

Sie zeigt David und Filin den Weg.

Hier geht es David auch besser, in der Nähe des Wassers verblasst das bedrückende Gefühl, diese Schwere, die er vorher, seit Beginn ihrer Wanderung in diesem Land, gespürt hat. „Wieso begegnen wir niemandem, noch nicht einmal irgendwelchen Tieren", wundert David sich nach einer Weile. Bisher sind ihm höchstens einige Vögel aufgefallen, mit prachtvollen, bunten Gefiedern, viele eher klein, nur ab und zu eine seltenere mehr graue Vogelart.

„Die Tiere hier sind sehr verborgen, ja, und Menschen leben hier schon länger nicht mehr. Sie wohnen weit entfernt in großen Städten", erzählt ihm Filin.

Nachdenklich betrachtet David die vielen Sträucher, die eng verschlungen wachsenden Pflanzen um sie herum und bleibt sehr wachsam.

Ohne Zwischenfälle erreichen die Drei den Berg, von dem alle hoffen, dort den besagten See zu finden. Als sie ihr Nachtlager bereiten, eigentlich nur David, weil die Libellen sich einfach klein machen und dicht bei ihm liegen, überkommen David wieder Zweifel. Er ist jetzt schon so lange unterwegs, was wird ihm noch alles begegnen? Hoffentlich findet er den Schlüssel schnell und kann dann endlich zurück nach Hause.

Filin versucht ihn zu trösten und kuschelt sich fester an David.

„Du bist schon so weit gekommen, du schaffst es bestimmt", flüstert Filin David ins Ohr und ist einen Moment später wieder die kleine Libelle.

„Danke, Filin", erwidert David, aber als er zum Berg sieht, lässt sein Blick noch immer Zweifel erkennen.

Auch an diesem Abend, in der Dämmerung, als die Drei sich schlafen legen, bemerken sie die vielen Augenpaare zwischen den Zweigen. Doch nichts rührt sich und während der Mond, fast voll, sein blasses Licht aussendet, schlafen auch die Augen nach und nach ein.

# Insel der Träume

Bereits früh am nächsten Morgen brechen sie auf. Sie verlassen den Weg entlang des Flusses und folgen nun einem schmalen Pfad, der sich in engen Windungen steil nach oben schlängelt. David keucht und kommt ganz schön ins Schwitzen, klettert aber ohne Rast, langsam Schritt für Schritt, bergauf. Die Libellen haben es gut, denkt er, Filin und Samoa fliegen oftmals ein Stück vor, warten dann auf David oder kommen zu ihm zurück. Die Sonne scheint von einem strahlend blauen Himmel herab und es ist sehr warm, als David endlich den Gipfel erreicht. Auf der anderen Seite gestaltet der Berg eine kleine Hochebene, die sich erst weit hinten in mehreren kleinen Bergrücken auflöst. Und da liegt der See, teils eingeschlossen von bizarren Felsen, geduckten Sträuchern und niedrigen Bäumen. Auf dem Wasser beschreibt die Sonne einen glitzernden Tanz und der See kräuselt sich fein unter einem leichten Wind. Funkelnd, mit einem bläulichen Schein, mehr noch türkis, schimmert es zu David, Samoa und Filin herauf. Jetzt ist es nicht mehr weit. David atmet auf, sein Herz macht einen Freudensprung, denn heute Nacht ist Vollmond. Den restlichen Weg, bis zum See, legt er im Laufschritt zurück, so ungeduldig ist er. Diesmal müssen sich die Libellen ganz schön anstrengen, um sein Tempo mitzuhalten. Auf dieser Seite ist der See offen zugänglich, hier taucht der Berg, begleitet von abertausenden großer und kleiner Steine, unter Wasser. Abrupt bremst David ab, um nicht vor lauter Übermut direkt ins Wasser zu platschen.

Der See ist kristallklar und ganz hell, aber was ist das?

Zwei Delphine. Sehr nah am Ufer strecken sie ihm ihre Köpfe entgegen, als warteten sie auf ihn. In ihren dunklen Augen funkelt es, als wären Diamanten darin. Im Übrigen sind sie schneeweiß. Verzaubert von ihrer Schönheit, hockt er sich ans Ufer und, als sei es das Selbstverständlichste von der Welt, beginnt er laut mit den Delphinen zu sprechen:

„Hallo, ihr Beiden, ich weiß von euch durch die Sternenfee. Bitte helft mir heute Nacht, den Eingang zur Insel der Träume zu finden." Ein klein wenig schüchtern, aber auch erwartungsvoll guckt er zu den beiden Tieren. Zu seiner Verwunderung bemerkt er, dass er die Antwort der Delphine als seine eigene innere Gedankenstimme hört.

„Wir bringen dich dorthin, wo der Mond scheint. Heute Abend. Erwarte uns hier!"

Und damit schwimmen sie davon, Samoa und Filin haben sich neben David an das steinige Ufer gesetzt. Der sitzt da und blickt nur ganz versunken in das Wasser, erstaunt darüber, wie schnell die Delphine verschwunden sind. Dass es die hier überhaupt gibt, ist seltsam.

Vieles ist so seltsam, was er bisher erlebt hat. David ist froh, endlich ist er kurz vor seinem Ziel. Nach so vielen Tagen fühlt er sich richtig glücklich, an diesem See angekommen zu sein. Das gibt ihm neuen Mut. Wie schön der See doch ist. Einer plötzlichen Eingebung folgend, zieht er seine Sachen aus und springt ins Wasser. „Los, kommt!", ruft er Filin und Samoa zu. Die Libellen lassen sich lachend ins Wasser gleiten und zusammen toben sie ausgelassen herum. Samoa hat schon bald genug, obwohl das Wasser, zwar kühl, aber doch ganz angenehm ist. Es prickelt David auf der Haut und ihm gefällt es gut, sich ein bisschen treiben zu lassen. Filin hat sich mit Samoa auf Nahrungssuche begeben, während David noch eine Weile schwimmt.

Nach dem Bad im See fühlt er sich so wohl wie schon lange nicht mehr und hat einen Bärenhunger. Die Libellen bringen reichlich Früchte und haben sogar ein paar essbare Wurzeln gefunden, die sie nun, am Ufer sitzend, verspeisen.

„Ich bin wirklich sehr froh, dass ihr bei mir seid." Filin lächelt ihn an.

„Was du noch wissen sollst, der Weg von hier zur Trauminsel ist nicht weit, die Delphine kennen ihn gut. Du brauchst keine Angst zu haben. Hol einfach nur tief Luft, so tief du kannst, und halt dich an den Rückenflossen der Delphine fest. Direkt auf der anderen Seite des Durchgangs kannst du wieder atmen." Genau in diesem Moment wird David klar, dass Samoa und Filin ihn jetzt verlassen werden. Sein Herz, das gerade erst etwas leichter erschien, wird ihm wieder schwer. Denn dann ist er ja wieder allein, wo er die Beiden doch jetzt so gut kennt und sehr lieb gewonnen hat. Ein tiefer Seufzer kommt aus seinem Mund. Dann schaut er die Libellen an.

„Ich weiß schon, ihr geht jetzt, nicht wahr?" „Ja, David, wir gehen hier zurück." Traurig, mit hängenden Schultern sitzt David da.

„Es ist schön, dass ihr überhaupt bei mir gewesen seid." „Wir bleiben noch bis zum Abend, dann erst fliegen wir." „Ach ja", meint Samoa noch zu David, "die Delphine helfen dir, die Bodenplatte im See zu entfernen, dann kann der See wieder die Flüsse nähren, die einst sein Wasser geführt haben. Der See selbst bleibt, wie er ist, nur ein bisschen kleiner. Er ist ein Spiegelsee des Himmels."

Ja, David erinnert sich an die Worte der Sternenfee. Natürlich, die Bodenplatte.

„In deinem Gepäck ist ein Seil, binde es am Riegel der Platte fest. Die Delphine können sie dann zur Seite ziehen und bringen dich so direkt zur Insel.

Denn wenn der Durchgang geöffnet ist, wird ein gewaltiger Sog entstehen und du musst auf jeden Fall, noch bevor er zu stark ist, auf die andere Seite."

Der Abend kommt und mit ihm der Abschied von Samoa und Filin. Beide umarmen ihn und wünschen ihm viel Glück auf seinem weiteren Weg, bevor sie sich in ihre Fluggestalten verwandeln und dem Fluss zufliegen. Von seinem Platz am Seeufer betrachtet David den Berg, der wie ein grauer Wächter erstarrt in den See blickt, als habe er vor langer Zeit vergessen, seinen Blick wieder dem Himmel zuzuwenden. Die untergehende Sonne wirft prachtvolle golden-rote Farbe ausladend über den See. Die Gedanken des kleinen Jungen wandern, wie die seichten Wellen der glitzernden Sonnensterne auf dem Wasser, unruhig, suchend. Was erwartet ihn auf der Insel der Träume wohl? Gibt es dort überhaupt Tiere oder Menschen, andere Wesen oder ist etwa alles leer, weil es ja eine Trauminsel ist? Ach, warum hat er nicht die Steinfrau, die Schildkröten oder Samoa und Filin gefragt. Jetzt ist es zu spät. Es bleibt ihm nur übrig zu warten, bis er dort ist. Alles hat so einfach geklungen, und was für eine lange Reise nun daraus geworden ist.

Er fühlt sich einsam einerseits, auf der anderen Seite geht ihm durch den Kopf, wie viel Glück er schon gehabt hat, seit er in das dunkle Loch im Labyrinth gesprungen ist.

Es ist schon spät geworden. Erstaunt blickt David zum Himmel und dann wieder in den See und hofft, dass die Delphine bald auftauchen. Angestrengt guckt er ins Wasser, aber nichts passiert. Der Mond steht bereits am Himmel und gießt sein silberfarbenes Licht auf das Land.

Lautlos und schnell kommen die Delphine angeschwommen, sodass David sie erst bemerkt, als sie im seichten Uferwasser herumschwimmen. Hastig sucht er nun nach dem Seil und lässt all seine übrigen Sachen, zwar etwas zögerlich, einfach am Ufer liegen.

„Warte noch, David", klingt eine Stimme in seinem Kopf, „bis der Mond am höchsten steht. Es dauert nicht mehr lange." Immer noch überrascht, guckt David auf die Delphine.

„Ich kann euch verstehen", redet er jetzt mit ihnen und schaut ihnen zu, wie sie langsam am Ufer entlang ziehen, genau so weit entfernt, dass sie gerade noch schwimmen können. „Das scheint euch ja nicht weiter zu wundern. Was soll ich mit dem Seil machen, wenn ich es am Riegel der Bodenplatte befestigt habe?"

„Leg es uns in den Mund und dann halte dich an unseren Rückenflossen fest."

„Ja, gut."

David betrachtet den Mond und sein zittriges Spiegelbild auf der Wasseroberfläche, „Komm jetzt, David, hol' tief Luft und halt dich fest." Er watet ins Wasser und greift nach den Flossen, tastend, bis er einen sicheren Halt findet. „Es kann losgehen", ruft er, atmet noch schnell tief ein. Sofort schwimmen die beiden Delphine los, ein kurzes Stück ziehen sie David noch über Wasser, bis zum Mond im See, und genau dort, wo er sich im Wasser spiegelt, tauchen sie steil ab. Das Mondlicht weist ihnen den Weg unter Wasser, wie eine fein beleuchtete Straße, nach unten auf den Grund des Sees. David sieht bereits die Platte im Boden, hier also ist der Eingang zur Insel der Träume. Er lässt die Rückenflossen der Delphine los, tastet nach dem Seil und schiebt ein Ende durch den Riegel an der Platte. Es dauert etwas, bis er den Riegel angehoben und einen Knoten in das Seil gemacht hat. Panik überfällt ihn. Ich brauche Luft, denkt er und wirbelt wild herum.

Der Delphin zu seiner rechten Seite stößt ihn jetzt mit dem Maul an.

„Ruhig, David, ich bring' dich hoch."

In Sekundenschnelle treibt er David hoch zur Wasseroberfläche. Völlig aufgelöst, hustend und strampelnd schreit er nach Luft, als er auf einmal den stützenden Delphinkopf unter seinem Arm spürt. Erschöpft und etwas benommen, klammert er sich an seinen Retter.

„Ruh' dich ganz kurz aus, denn wir müssen die Platte bewegen, solange das Mondlicht darauf fällt. Bist du bereit?" David nickt. Mit einem tiefen Atemzug tauchen sie wieder ab zur Platte und dem am Grund gebliebenen Delphin, der das Seil schon mit seinem Maul genommen hat. David legt es auch dem zweiten Delphin ins Maul und sofort beginnen die Beiden zu ziehen. Ganz langsam bewegt sich die Platte aus Stein, dann gibt es einen Ruck. Noch bevor David erkennt, was passiert ist, schlagen die Delphine eine Wendung ein, der hintere zieht den Jungen an seiner Schwanzflosse mit sich und sie schwimmen auf die Öffnung zu. Der Strudel hat schon begonnen, obwohl der Durchgang nicht sehr groß ist. Der erste Delphin schwimmt hindurch, dann der mit David im Schlepptau. Sie fließen in den Strudel hinein, lassen sich von ihm mitreißen. Mit beiden Händen klammert David sich an seinem Helfer fest. Er wirbelt umher, wird gedreht, sieht und hört nichts mehr, fühlt nur noch, wie er sich im Kreis dreht.

Dann, ganz plötzlich wird er vorwärts gerissen, seine Hände umklammern noch immer etwas, irgendetwas. Schlagartig ist es hell und kalt, David schnappt nach Luft und tatsächlich, er kann atmen. Die Kühle auf seiner Haut fühlt sich an wie Wind. Vorsichtig blinzelnd, riskiert er es, ein Auge zu öffnen, geblendet von Licht.

Schemenhaft undeutlich, dann immer klarer erkennt er vor sich zwei Rentiere anstatt der Delphine. Schneeweiß, nur durch ihr mächtiges Geweih vom Schnee zu unterscheiden. Das, was er in seinen Händen hält, sind die Zügel zu den Rentieren, die gemeinsam einen Schlitten ziehen, auf dem David durch eine Winterlandschaft rast.

Es ist so kalt und er friert fürchterlich, obwohl er wundersamerweise nicht nass ist und die Sonne klar, ohne Wolken, am Himmel scheint. In eiligem Galopp fliegen die Rentiere durch den Schnee und David sieht rings um sich herum nur dieses Weiß. Entsetzt fragt er sich, was das zu bedeuten hat, wo die Delphine geblieben sind. Verzweiflung greift nach seinem Herzen. Was soll er tun? Seine Gedanken arbeiten wie im Fieber, sie suchen nach einer Erklärung, wollen verstehen, was hier passiert.

Hätte er seine Augen offen gehalten, wäre ihm der Sturz erspart geblieben. So aber, den Blick nach innen gewandt, stürzt unser kleiner Held kopfüber in den Schnee, vom Schlitten herunter, als die beiden Rentiere ohne Vorwarnung stehen bleiben.

„Hier sind wir", klingt es in seinem Kopf.

Ziemlich verblüfft schaut er die Tiere an, rappelt sich aber dann aus dem Schnee hoch und reibt dabei über seine schmerzende Stirn. Ein paar Schritte vor ihm hört der Schnee einfach auf und er erblickt eine üppig blühende Landschaft, hell mit leuchtenden Farben in allen Tönen. Es ist, als liege ein feines, fast unhörbares Summen in der Luft, gesponnen aus einem Hauch verschiedener Melodien. So leise, dass David sich fragt, ob er sich das etwa einbildet. Aber die Melodien bleiben. Es glitzert und strahlt ihm alles entgegen, als ob es aus kleinsten Kristallen bestehe.

Mit fragendem Blick guckt er noch mal zu den Rentieren.

„Geh' zur Höhle, dort befindet sich der Schlüssel, den du suchst. Leb' wohl."

Damit drehen die Rentiere um und traben davon. Welche Höhle? David betrachtet die Landschaft jetzt genauer.

Sie erscheint ihm wie aus glitzernden Fäden gewebt ist sie überhaupt echt? Neugierig greift er nach ein paar Blättern, leuchtend grün mit lila Blüten. Ja, fühlt sich schon echt an! Alles scheint zu leuchten. Fasziniert von dem Spiel der Farben, geht er gemächlich vorwärts, ganz vertieft in diese fremdartige Pflanzenwelt. Er staunt und staunt, staunt sogar über den Boden, auf dem er läuft. Dieser besteht aus vielen verschiedenen Blumenornamenten, die wiederum aus zahlreichen kleinen Mosaiksteinen geformt sind, bunt, in immer neuen Farben glitzernd.

Mit seinen Augen überall, läuft David plötzlich gegen etwas Hartes und ein lautes

„Aua" ertönt irgendwoher.

Was ist das? Ängstlich blickt er sich nach allen Seiten um.

Er duckt sich und versucht, schnell den Hügel vor sich hochzuklettern, als dieser sich ganz unerwartet bewegt. Ein Entsetzensschrei entflieht seinem Mund, er verliert das Gleichgewicht und fällt rückwärts auf den Boden. Sein Herz schlägt wild und laut und nun sieht er, wie der Hügel, der gar kein Hügel ist, sich bewegt, größer wird, und dann schaut ihm ein großer blauer Drachenkopf direkt ins Gesicht. David schreit und kann vor lauter Angst nicht aufhören zu schreien. Jetzt taucht sogar noch ein zweiter Drachenkopf auf, noch größer und fürchterlicher als der erste. Die Augen sind riesig, leuchtend gelb, über den Nasenrücken verläuft eine Reihe grober Zacken und weit geblähte Nüstern pusten David einen Schwall verbrauchter Luft entgegen.

„Oh, Mama, nun hast du ihn erschreckt."

David kriecht rückwärts, halb rennt er, versteckt sich schließlich unter schützenden Blätterranken.

„Ein echtes Menschenkind. Habe schon lange keines mehr gesehen. Ach, ich hatte vergessen, wie schreckhaft und klein sie sind", erzählt die Drachenmutter ihrem Kind.

„Es tut immer noch weh, Mama, mein Bauch tut so weh."

„Ja, ich weiß, meine Kleine", antwortet die Drachin, „ich glaube, dir können nur noch die Perlen helfen. Da kommt mir eine Idee. „Hallo du, Menschenkind, bist du noch da?" Wo hat er sich bloß versteckt. „Hab keine Angst, du kannst ruhig herauskommen, ich fresse dich nicht."

Vorsichtig schiebt David ein paar Blätter auseinander, sodass er die Drachenmutter sehen kann. Was ist, wenn sie lügt? Er beobachtet sie weiter.

„Ich mag nur Blätter, Früchte und Wurzeln, ja, manchmal auch Nüsse", redet sie auf ihn ein.

David rührt sich nicht.

„Versuch' du es", meint sie schließlich zu ihrer Tochter. „Er kann uns vielleicht helfen und wir erfahren, was dieser kleine Kerl hier treibt."

„Hh eem", macht das Drachenkind, „hallo, du, meine Mama hat recht, sie frisst keine Menschenkinder. Komm' doch heraus, dann können wir dich kennenlernen. Was machst du hier überhaupt, bestimmt willst du in die Höhle, oder?"

Die Stimme des Drachenkindes ist ganz schwach, aber freundlich und doch bleibt David erstmal unter den Pflanzen verborgen.

„Ja, ich will in die Höhle, kennt ihr sie?"

„Aber natürlich, wir bewachen den Eingang", erzählt der kleine Drache.

Davids Mut sinkt, wie soll er jemals hineinkommen, wenn die Drachenmutter und ihre Tochter die Höhle bewachen? Sehr, sehr behutsam, sodass er es fast gar nicht merkt, hebt die Drachin ein paar Zweige hoch und guckt, wo David sich wohl verkrochen hat.

„Na komm' schon hervor", der große Drache schaut mit seinen riesigen Augen auf ihn herunter und er blickt ängstlich zu ihr hoch. Sie ist wirklich so groß. David schluckt, Schweiß läuft ihm über sein Gesicht, seine Hände sind völlig verkrampft und seine Knie zittern, als er die schützende Deckung verlässt, allerdings nur bis zum Rand der Sträucher.

„Du willst also in die Höhle, ja?", fragt die Drachenmutter.

„Mm", antwortet David.

„Lass mich raten, du willst den Schlüssel, stimmt´s?" „Mmm."

„Und wofür?"

„Ich möchte einem Freund helfen, aus dem Labyrinth herauszukommen."

„Verstehe."

Die Drachin scheint zu überlegen.

„Ich will dich in die Höhle lassen, wenn du mir dafür einen Gefallen tust."

„Welchen denn?"

„Meine kleine Tochter ist krank. Wenn du mir eine Handvoll Perlen der Mantelblume bringst, darfst du in die Höhle." Jetzt ist es David, der überlegt und dann fragt:

„Wo finde ich diese Blume?"

„Zwei Tagesmärsche von hier für deine Füße, Richtung Süden. Dort liegt das Moor. Inmitten des Moors wachsen die Blumen. Du erkennst sie an ihren runden, rosa Blättern, wie ein geschwungener Mantel sehen sie aus. Sie sind sehr zart und wachsen direkt im Schlamm. In den Blütenkelchen findest du die Perlen. Sie sind ein altes Heilmittel. Ich kann leider nicht selbst ins Moor gehen, weil ich zu schwer bin. Na, was sagst du, würdest du für mich gehen?"

„Ist es denn gefährlich und wie soll ich genau die Stelle finden, wo diese Blumen wachsen?"

„Sei nur wach und achte auf die Zeichen und Wesen, die dir begegnen, dann brauchst du keine Angst zu haben." Betrübt denkt David, dass er dem Schlüssel nun schon so nahe ist, und schon wieder stellt sich ihm eine neue Aufgabe. „Was hat denn dein Drachenkind, wieso ist sie krank?" „Ganz genau weiß ich nicht, was es hat, nur eben ihr Bauch schmerzt, sie bewegt sich fast nicht mehr und es fließt kein Wasser, sie kann nicht weinen. Die Perlen der Mantelblume können ihr helfen, das hoffe ich jedenfalls."

Während der ganzen Zeit hat David sich am Rand der Sträucher aufgehalten, von wo er das zusammengekauerte Drachenmädchen sehen kann. Es liegt still da, hebt noch nicht mal den Kopf, die großen Augen sind halb geschlossen. Es atmet ganz flach. „Nun gut. Ja, ich gehe", sagt David und guckt dabei wieder zu der Mutter hoch. Er fühlt sich so winzig.

„Lässt du mich wirklich in die Höhle, wenn ich eine Handvoll Perlen zu dir bringe", fragt er leise die Drachin. „Ich verspreche es dir. Folge der Sonne. Geh jetzt und achte auf alles."

David ist unsicher. Er weiß nicht genau, was er von der Insel halten soll. Erstmal braucht er Wasser. Die große Drachin schaut ihn fragend an.

„Wo finde ich Wasser und was soll ich essen?" „Auf der Insel wachsen überall Beeren, Nüsse oder andere Früchte und auf deinem Weg nach Süden ins Moor überquerst du einen Fluss, der dann fast den gesamten Weg mit dir fließt. Du brauchst dich also nicht zu sorgen."

Was für ein beruhigender Gedanke, findet David, dafür ist er diesmal auf seinem Weg allein.

Die Drachenmutter blickt ihn ernst an, als wolle sie sagen, „was gibt es noch, warum gehst du nicht endlich". Sie sagt jedoch nichts, sondern guckt nur. David zögert. Dann entflieht ein tiefer Seufzer seinem Herzen und langsam spricht er:

„Ich gehe schon."

Seinen Blick noch einmal prüfend der Sonne zugewandt, entfernt er sich von den beiden Drachen, verlässt nur allmählich deren Schatten, so riesig wie sie sind. Sein Weg, mitten durch alle möglichen Sträucher, ist mühsam und lässt ihn nicht gerade schnell vorwärts kommen. Doch nach einer Weile wird das Inselland offener. Satte, grüne Wiesen zwischen dicht bewachsenen Hügeln, farbenprächtige Blumen, Fruchtbäume und Felder und immer wieder trifft er bunte Schmetterlinge und freut sich über das aufgeregte Vogelgezwitscher, das die Luft erfüllt. Jetzt merkt David, wie seine Schritte schneller und beschwingter werden. Eigentlich will er so schnell wie möglich zur Höhle zurück, um endlich den Schlüssel zu holen. Ja, er will sich beeilen. Vielleicht schafft er es schneller als in zwei Tagen bis zum Moor.

# Umweg zu den Perlen

Der Wind packt ihn, reißt ihn hoch und David weiß gar nicht mehr, was passiert. Er fällt, dann schwebt er, dann, wie von wütenden Händen gepackt, wird er geschüttelt, mit dem Kopf nach unten, wieder hoch und zur Seite. Alles rasend schnell. Bei David bleibt nur ein Gefühl von absolutem Durcheinander und dass er einem Ungeheuer ausgesetzt ist, was er weder sehen noch greifen kann.

„Naa.., was machst du in meinem Reich?", dröhnt es um ihn herum. Das spricht der Wind, der ihn so plötzlich fallen lässt, wie er ihn geschnappt hat.

Alles dreht sich in seinem Kopf und es ist David fürchterlich schlecht. Er kniet auf dem Boden, muss sich übergeben, nur der Wind lacht.

„Heute bin ich sehr launisch, du hättest besser erst angeklopft, bevor du eintrittst."

Er lacht wieder spöttisch und fegt dabei schwungvoll durch die Lindenzweige.

„Na, macht nichts, Kleiner, du wirst dich schon wieder erholen."

Als er jedoch in Davids bleiches Gesicht sieht, hat er nun doch Mitleid.

„Wo soll die Reise denn hingehen, so ganz allein?", spricht er in einem fast väterlichen Ton. Noch immer würgend, antwortet David leise: „ins Moor."

„Tut mir leid, es war wohl ein bisschen zu heftig. Ich trage dich ein Stück, aber nur ein Stück, hörst du? Brich' ein paar Zweige ab, von den großen Sträuchern, die wedelförmigen dort vorn, wenn du dich erholt hast."

Als David wieder klar atmen kann und die Übelkeit vorbei ist, holt er die Zweige. Schon packt ihn der Wind erneut. Diesmal ganz vorsichtig, als sei er ein Vogel, der von ihm getragen wird. Nicht sehr hoch, aber sie sind schnell zusammen.

Nach einer Weile sieht David zu seiner rechten Seite den Fluss, von dem der große Drache gesprochen hat, und der Wind erklärt ihm, dass er hier wieder seine Füße benutzen muss. „Wie schade", meint David und bedauert, dass sein Flug schon endet. Er hat ihm diesmal wirklich gut gefallen, im Gegensatz zum ersten Mal.

Am Fluss macht er eine kleine Pause, nachdem er sich vom Wind verabschiedet hat. Hier wachsen Nüsse, verschiedene Beeren und sogar Trauben im Überfluss und das Wasser ist klar und schmeckt einfach köstlich. Nicht lange, dann nimmt er seinen Weg wieder auf, vielleicht hat er ja ein gutes Stück gespart, weil der Wind ihn getragen hat.

Er überquert den Fluss an einer Stelle, die nicht so tief ist, folgt dann weiter einem engen Weg, ganz dicht am Wasser entlang.

Manchmal bleibt er kurz stehen, nur kurz, schaut dem Wasser zu, wie es sich durch das Flussbett schlängelt, wahrhaftig schlängelt. Erst berührt es das rechte Ufer, fließt dann in einem weichen Bogen zum linken und von dort anschließend wieder zur rechten Seite. Das Inselland scheint sein Aussehen öfter zu wechseln. Erscheint es meist flach und voller Sträucher, behangen mit allerlei Früchten, wirkt es kurze Zeit darauf mehr hügelig, sandig, nur mit niedrigen Kräutern und unbekannten, fremdartigen Gewächsen bedeckt. Wahrscheinlich liegt das daran, dass er ja auf der Insel der Träume ist, so erklärt es sich der Junge jedenfalls. Er läuft und läuft und seine Füße sind längst müde, als sich langsam der Abend über die Insel senkt.

Als er an einer breiten, alten Eiche vorbeikommt, beschließt er, unter diesem Baum zu schlafen.

Zwar ist ihm ein wenig mulmig zumute, aber was soll er tun. Ganz dicht an den Baum gelehnt, fällt er irgendwann in einen leichten, unruhigen Schlaf.

Die Sonne blinzelt durch die Zweige und David glaubt leise Stimmen kichern und flüstern zu hören. Er dreht sich zur Seite und öffnet die Augen, blickt geradewegs auf eine Wiese mit einer Schar kleiner Blumen. Mit ihren winzigen Gesichtern beobachten sie ihn neugierig, manche tuscheln und es ist offensichtlich, dass sie über ihn reden. David kneift nochmals die Augen zusammen, als glaube er, danach etwas anderes zu sehen. Die kleinen Blumen lachen:

„Was guckst du denn so? Du hast so laut geschnarcht, dass wir schon lange wach geworden sind, noch bevor die Sonne uns geweckt hat. Meistens schlafen wir etwas länger. Aber wir freuen uns über deinen Besuch hier. Wo willst du denn hin?" Sie reden so schnell, dass er erstmal Mühe hat, ihnen zu folgen.

„Oh, guten Morgen, ich bin nur ganz verwundert, dass ihr sprechen könnt. Kennt ihr den Weg ins Moor, ich brauche die Perlen der Mantelblume ganz dringend für das kleine Drachenmädchen."

„Ja, natürlich. Du brauchst dem Fluss nur noch ein Stück nach Süden zu folgen. Da, wo er in westliche Richtung weiter fließt, gehst du weiter nach Süden. Es ist nicht mehr sehr weit von hier."

„Woher wisst ihr das eigentlich?"

„Vom Wind, der Wind hat es uns erzählt. Gute Reise."

David bedankt sich und setzt seinen Weg weiter fort, in der Hoffnung, dass es auch stimmt, was der Wind erzählt hat und dass er es nicht nur aus einer Laune heraus gesagt hat.

Es ist schön, am Fluss entlang zu wandern. Die Sonne steht an einem wolkenlosen Himmel, alles scheint in ihrem Licht zu funkeln und zu glitzern. Immer wieder muss David anhalten und Blätter, Sträucher, Erde oder Steine berühren, um zu fühlen, ob sie auch wirklich sind.

Bereits nach einer kurzen Wegstrecke macht der Fluss eine Biegung in westliche Richtung. Hier verlässt er ihn also und geht in Richtung

Süden weiter. Irgendetwas in ihm ist ganz wach, sehr aufmerksam, und da, auf einmal sieht er ihn, einen Graureiher, der in kurzer Entfernung landet.

Diesen betrachtet er als ein Zeichen und nähert sich der Landestelle des Graureihers langsam und vorsichtig. Doch kurz bevor er bei ihm ist, fliegt der Reiher allerdings davon. Enttäuscht setzt sich David auf den Boden. Was nun, wie soll er den Weg finden? Nachdenklich sitzt er da und beobachtet so nebenbei, wie eine ganze Reihe kleiner grüner Frösche vorbei springt. Es sind bestimmt an die zwanzig Tiere und sie bilden eine lange Kette. Weil der Boden hier mit jedem Schritt morastiger wird, prüft David jetzt genau, wohin er seine Schritte lenkt. Tastend geht er und folgt dabei mit seinen Augen den Fröschen. Schon nach wenigen Metern erreicht er eine Stelle, an der mehrere dieser Mantelblumen wachsen, klein und versteckt zwischen anderen Kräutern und Gräsern.

David weiß, dass es besser ist, nicht übereilt darauf zuzustürzen, sondern vorsichtig zu bleiben. Die Blumen wachsen dicht am Boden, der weniger aussieht, wie er sich ein Moor vorgestellt hat. Die Erde scheint hier mit einem dichten Schleim überzogen zu sein, hell und glibberig. „Uuääh." Abscheu und Ekel steigen in ihm auf, nur bei dem Gedanken, in diesem Gewabber nach den Perlen zu fischen. Zögerlich, angewidert steckt er einen Finger tastend vor in diesen Mischmasch aus Erde, Schlamm, Wasser und diesem puddingartigen Zeug. Er schüttelt sich, aber es muss sein. Die meisten Blütenkelche sind noch verschlossen und liegen in dieser schleimigen Masse eingesunken. So gut es geht, versucht David, sich einen sicheren Platz zu verschaffen, und tastet jetzt angestrengt mit seinen Fingern in den Blüten, in diesem Glibber nach den Perlen.

Die erste Blüte, die etwas geöffnet ist, ist leider leer, also probiert er eine andere Blüte, die noch verschlossen ist, zu öffnen. Fühlt sich das komisch an. Da, er hat eine. Voller Freude hält er sie ins Sonnenlicht und betrachtet sie. Eine matt rosa schimmernde Perle. Bevor er sie womöglich wieder verliert, reißt er aus seinem Hemd ein Stück Stoff heraus und legt die erste Perle hinein. Jeder Griff in die Blütenkelche kostet ihn starke Überwindung und ein lauter Seufzer vor Erleichterung ist weithin hörbar, als er endlich eine Handvoll Perlen gesammelt im Tuch hält. Er hat es geschafft. Er hat es geschafft und es ist erst Mitte des Tages. Also kann er schon einen Teil des Rückweges antreten.

Aus diesem Sumpf herauszukommen, erfordert von ihm noch einmal viel Geduld. Er bewegt sich aufmerksam, um ja keinen falschen Schritt zu machen. Wer weiß, vielleicht wäre er dann verloren. Am liebsten würde er jetzt laufen, springen, vor Freude hüpfen. Jetzt ist es nicht mehr weit bis zum Schlüssel. Aber er bleibt lieber wachsam, wohin seine Füße gehen, nur das Herz ist ganz leicht.

Genau den Weg, den die Frösche ihm gezeigt haben, nimmt David auch zurück und da, wo er den Reiher zuerst gesehen hat, blickt er sich nochmals um und bedankt sich innerlich bei den Tieren.

Der Rückweg zur Drachenmutter und ihrer Tochter erscheint ihm eigentlich sehr kurz. Nachts am Fluss schläft er sehr unruhig, aber mehr, weil er es kaum erwarten kann, endlich den Schlüssel zu holen. Doch bereits am frühen Abend des nächsten Tages befindet er sich wieder in dem bergigeren Teil der Insel, hat die offene Ebene verlassen. Wie glücklich er ist, als er wenig später die Drachenmutter vor dem Berg liegen sieht, hinter sich wahrscheinlich den verborgenen Höhleneingang, den er vor ein paar Tagen gar nicht wahrgenommen hat. Wo ist der kleine Drache? Etwas besorgt schaut er sich um. Ach da, die kleine Drachentochter liegt zusammengerollt ein Stück weiter von der Höhle entfernt. Im nächsten Moment stockt David, weil er sich nun doch fürchtet, auf den großen Drachen zuzugehen. Längst hat die Drachin ihn bemerkt und neugierig ein Auge geöffnet. Sie hebt den Kopf und sofort hält David erstmal still, bleibt bewegungslos stehen, denn es ist ihm nicht ganz geheuer.

„Hallo, Junge, hast du sie gefunden?" „Ja, ich habe eine Handvoll bei mir."

Unsicher überlegt er, ob sie wohl ihr Versprechen hält, wenn er ihr erstmal die Perlen gegeben hat. Das Drachenkind begrüßt ihn mit schwacher Stimme.

„Hier", David hält der Mutter das Tuch mit den Perlen darin hin.

„Ach, sei so lieb und leg' ihr direkt zwei Perlen in den Mund. Du musst ganz langsam kauen und dann schlucken", erklärt sie ihrer Tochter.

Was wird dann, ich meine, was machen die Perlen?" fragt David interessiert. „Sie lösen die Bauchschmerzen und lassen das angestaute Wasser fließen. Wenn sie erst wieder weinen kann, wird alles gut.

David steht nahe bei dem Drachenmädchen und blickt es nachdenklich an. Schon sein Kopf ist so groß wie David selbst. „Ich hoffe, dass du bald gesund bist."

„Danke für deine Hilfe, Menschenkind", erwidert der kleine Drache.

Schwer atmend zermahlt das Drachenmädchen langsam die Perlen in ihrem Mund.

Auch die Drachenmutter bedankt sich freundlich bei David und deutet mit ihrer riesigen Nase auf die Höhle. „Du darfst jetzt hineingehen, David."

Darauf hat er gewartet. Endlich ist es soweit. Dem kleinen Drachen „Lebewohl" wünschend, bückt sich David vorsichtig zu dem recht unauffälligen Eingang der Höhle. Von außen hat die Höhle ausgesehen wie ein niedriger, breitflächiger Bergrücken, von dem man gar nicht annimmt, dass er eine Höhle in sich bergen könne.

Er schlüpft durch die kleine Öffnung in der Felswand ins Innere der Höhle und betritt damit eine neue, völlig andere Welt. Hier ist es kühl und sehr dunkel im Vergleich zu draußen, aber nicht ganz, da alles in ein türkisschimmerndes Licht getaucht ist.

Es riecht nach Wasser und feuchter Erde. Vor ihm taucht eine wunderschöne Tropfsteinlandschaft auf mit unbeschreiblichen

Phantasiegebilden. Woher eigentlich dieser türkise Lichtschimmer kommt, kann er nicht sagen, doch er erhellt ihm seinen Weg, sodass er den schmalen Pfad erkennen kann, der sich tiefer in die Höhle hinein schlängelt. Fasziniert betrachtet David diese Welt und geht langsam und mit Bedacht vorwärts, um auch ja nichts zu zerstören. Es ist ganz still und diese Stille ist laut. Er hört seinen eigenen Atem, spürt die Erde um sich herum und weiß nicht so genau, ob er sich hier drin wohl fühlt. Immer tiefer geht es hinein und immer neue Nischen, neue Räume tauchen vor ihm auf. Die Luft wird noch kühler. Von irgendwoher fühlt David einen leichten Luftzug und dann fällt sein Blick direkt auf einen runden, massiven Steinbrocken am Boden. In diesem Stein steckt ein riesiger Schlüssel, beinahe so groß wie er selbst. Der Schlüssel leuchtet rot-gold, oder ist es ein Kreuz, nein, eher eine Blume, vielleicht aber auch ein Schwert oder doch nur ein Schlüssel? Kritisch betrachtet David den Schlüssel. Was ist es nun?

Er kann sich nicht festlegen, all diese Dinge scheinen gleichzeitig da zu sein. Von oben in der Felsdecke dringt durch eine winzige Öffnung weißes Licht in das Höhleninnere und wirft einen hellen Strahl auf den Stein.

Der Schlüssel steckt mit dem unteren Ende im Stein, oben teilt er sich in drei Rundbögen, die in der Mitte drei kleinere Bögen bilden, zugleich sieht er auch eine Blume um den Schlüssel ranken, deren Wurzel sich im Stein vergräbt und in einem ausladenden Blütenkelch mündet. Ebenso sieht er auch ein ganz schlichtes Kreuz, ungeschmückt, und noch ein zweischneidiges Schwert mit einem verzierten Griff.

Wie von Fäden gezogen, als sei er eine Marionette, bewegt er sich auf einmal auf den Schlüssel zu und ehe er es selbst richtig merkt, hat er mit der linken Hand den Schlüssel berührt. Schlagartig verschwinden Schlüssel, Blume, Kreuz und Schwert und mit einem feinen Klirren fällt etwas vor Davids Füße. Es ist ein kleiner, metallener Schlüssel, nicht größer als seine Hand. Aussehen und Form sind die des Schlüssels, der im Stein steckte, nur dieser ist aus Metall, stumpfem, grauen

Metall. Erschrocken blickt David vom Stein zum Schlüssel auf dem Boden, berührt ihn vorsichtig, als habe er Angst, er könne sich verbrennen. Zögerlich nur nimmt er ihn auf, er ist kühl und David schaut ihn einen Moment lang an, dann steckt er ihn in seine Hosentasche. Einen kurzen Moment lang macht sich ein glückliches Gefühl in ihm breit. Endlich ist es soweit, endlich hat er den Schlüssel. Nun kann er Karto befreien und selbst wieder nach Hause gehen. Leichten Herzens macht er sich auf den Weg, die Höhle wieder zu verlassen.

Draußen ist es schon dämmrig und so überredet die Drachenmutter David, diese Nacht bei Ihnen zu bleiben.

Sie bricht ein paar längere Zweige von einem der Bäume ab, dessen Blätter in den Regenbogenfarben schillern.

„Was ist das für ein Baum?", fragt er die Drachin. „Ein Pfauenbaum, er bringt dir gute Träume, du kannst dich damit heute Nacht zudecken."

„Und was ist mit dem Drachenmädchen?"

„Oh, sie schläft jetzt und es geht ihr schon ein bisschen besser, das Bauchweh hat nachgelassen. Du kannst hier bei uns schlafen, dann wird dir auch bestimmt nicht kalt. Schlaf gut, kleines Menschenkind", sagt sie noch, bevor sie sich neben ihre Tochter legt und ihre Augen schließt.

Zufrieden mit sich und der Welt schläft David ein. Er träumt davon, dass alles Leben erst ein Traum gewesen ist, bevor es Wirklichkeit wird.

Als er früh am nächsten Morgen erwacht, verblassen gerade die letzten Sterne und die Morgenröte steigt am Himmel auf. Die Drachen schlafen beide noch. Er lauscht auf den Atem des kleinen Drachenkindes. Es atmet ruhig und gleichmäßig. So macht er sich erstmal auf, etwas Essbares zu suchen. Rings um den Berg findet er genügend Früchte und zum ersten Mal seit Beginn seiner Reise kann er es richtig genießen, dort zu sitzen und im moosigen Gras zu essen.

# Dieser verflixte Schlüssel

Der große Drache erwacht und beschnuppert sogleich die Kleine. Das Drachenmädchen hebt leicht den Kopf, sie wirkt noch schwach, aber niest, was die Drachenmama für ein gutes Zeichen hält.

„Es dauert etwas, bis die Medizin wirkt", erklärt sie David. „Ich glaube, ich muss jetzt aufbrechen, Karto, ein Freund, wartet auf mich. Bestimmt fragt er sich schon, wo ich bleibe, weil ich nun wirklich lange fort bin. Wie komme ich von dieser Insel nun wieder zum Labyrinth?"

„Du musst zum östlichen Drachentor. Siehst du dort hinten die hohen Felswände, in diese Richtung musst du gehen." Der Schlüssel hat David neuen Antrieb gegeben. Fast beschwingt macht er sich auf den Weg durch diese Insellandschaft von schimmernden und glitzernden, farbenprächtigen Bäumen, Sträuchern und Blumen, und im Sonnenlicht sehen die Pflanzen noch mal so schön aus, findet David.

Er ist erst ein kleines Stück gegangen, als er aus Zufall in seine Hosentasche fasst, um sich den Schlüssel noch einmal anzusehen. Er erstarrt. Kein Schlüssel. In seiner Hosentasche ist kein Schlüssel, ist nichts, rein gar nichts. Augenblicklich bleibt er stehen, dreht sich um und guckt in die Richtung, aus der er gekommen ist. Das kann doch nicht sein. Und doch muss er den Schlüssel verloren haben. Langsam sucht er mit den Augen den Boden ab, geht den Weg ein Stück zurück, betrachtet ihn genau, aber er findet nichts.

Er läuft den Weg weiter zurück, noch ein Stück weiter, bis er schließlich zur Höhle zurückkommt. Der Schlüssel liegt nirgendwo. Als er völlig durcheinander die Höhle erreicht, erblickt er zuerst das Drachenkind, das da liegt. Es kullern ihm dicke, dicke Tränen aus den Augen und diese fallen mit einem lauten Plitsch, Plitsch auf den Boden.

„Suchst du den Schlüssel, vielleicht ist er hier geblieben?", schluchzt es.

„Hier geblieben", fragt David verständnislos. Die Drachenmutter beugt sich zu ihm hinunter:

„Geh' noch mal in die Höhle und guck ob du ihn wirklich eingesteckt hast."

„Ja, das hatte ich bestimmt. Wieso glaubt ihr, ich hätte ihn in der Höhle gelassen?"

„Weil es nicht so einfach ist, den Schlüssel zu nehmen", antwortet der große Drache ihm.

David versteht nicht, was der Drache meint, und spricht jetzt erstmal zu dem Drachenmädchen:

„Geht es dir wieder gut, weil du weinen kannst, meine ich."

„Wie sollte es, ich bin so traurig." „Worüber denn?"

„Ach, ich weiß es nicht, eben traurig", weint es weiter. „Na, dann gehe ich wohl ein zweites Mal in die Höhle", sagt David leise und ziemlich betrübt. Eigentlich glaubt er nicht so recht, den Schlüssel dort zu finden, aber wo soll er ihn sonst verloren haben, er hat doch schon alles abgesucht. Umso mehr staunt er, als der Schlüssel an seinem alten Platz im Stein steckt. Vorsichtig nähert er sich ihm, berührt ihn ganz leicht. Wie beim ersten Mal fällt dieser zu Boden. Eine Weile betrachtet er den Schlüssel und fragt sich, wieso er wohl allen Glanz verliert, sobald er aus dem Stein herausfällt. Ist der Schlüssel überhaupt der richtige? Genau diesen Schlüssel sollte er doch holen. All diese Gedanken gehen ihm durch den Kopf, schließlich hebt er ihn auf und steckt ihn auch diesmal wieder in die Hosentasche. Also gut, er versucht es noch mal.

Draußen verabschiedet er sich von der Drachin und ihrer Tochter, die immer noch weint. Aber das sollte ja so sein, denkt er.

Unruhig nimmt er seinen Weg wieder auf. Bis zu den Felsen ist es bestimmt recht weit. Dazwischen liegt eine berauschend schöne Traumlandschaft. Völlig hingerissen, läuft er durch einen farbenfrohen Wald, mildes Grün, bunte Blüten. Aber es gibt auch einige Stellen, da sind Sträucher und Bäume so stark verwachsen, dass es kein Durchkommen gibt oder es tun sich plötzlich mehrere Wege auf, manche dunkel und geheimnisvoll. David bleibt erstmal nur auf dem breiten Weg.

Wenn diese Pflanzen für die Träume der Menschen stehen, dann scheinen sehr viele ja doch schöne Träume zu haben, überlegt er. Trotzdem wünscht er sich, endlich bald wieder zu Hause zu sein.

Ganz zufällig greift er in seine Hosentasche, fühlt, ob der Schlüssel noch da ist, und wird total weiß im Gesicht. Wie angewurzelt bleibt er stehen. Wie kann das sein? Wieso muss ihm das passieren?

Auf einmal wird er zornig auf den Schlüssel. „So geht es einfach nicht", brüllt er.

„Wie soll ich denn einen Schlüssel mitnehmen, der immer wieder zurückgeht?"

Wütend und traurig lässt er sich ins Gras fallen. Was soll er nur tun? Natürlich ist ihm klar gewesen, dass dies ein besonderer Schlüssel ist, sonst hätte er sich gar nicht erst auf die Suche zu machen brauchen.

Vielleicht ist der Schlüssel verzaubert oder er kann ihn nur auf einem ganz bestimmten Weg hier herausbringen, aus diesem Wald und durch das östliche Tor. Er will doch so schnell wie möglich zurück. Aber so geht es eben nicht.

David bleibt einfach da sitzen. Er sitzt da und tut nichts, oder doch? Seine Augen streifen durch den Wald. Die meisten Bäume sind hier schon alt, dick und majestätisch hat jeder einzelne seinen Platz gefunden. Die Kronen reichen bis weit in den Himmel hinauf. Unten, am Boden, findet er weiches Moos und viele Kräuter. Wärmende Strahlen der schon tief stehenden Sonne dringen durch das Pflanzengeflecht. Es ist bereits spät und der Tag wird sich wohl bald verabschieden.

Davids Blick versinkt in den Baumspitzen, die sich im Wind leise hin und her wiegen.

Es flüstert eine feine Stimme in sein Ohr:

„Du brauchst den Schlüssel nur zu bitten, dann kannst du ihn mitnehmen. Aber sobald du willst, geht er einfach zurück." Aufgeschreckt sieht David zu seiner rechten Schulter, von wo er die Stimme deutlich gehört hat. Mit einem Jubelschrei erkennt er Filin und Samoa.

„Was macht ihr denn hier?"

Die Libellen verwandeln sich in ihre größere Gestalt. „Hallo, David, wir hören, du steckst in Schwierigkeiten. „Samoa, Filin – ach, wie ist das toll, euch wiederzusehen. Ich bin völlig verzweifelt, weil der Schlüssel nun das zweite Mal verschwunden ist. Das erste Mal habe ich ihn in der Höhle gefunden und wahrscheinlich ist er auch jetzt wieder dort.

Stimmt es, was ihr mir eben erzählt habt, ich brauche den Schlüssel nur zu fragen, ob ich ihn mitnehmen darf, so einfach ist das?"

Beide Libellen nicken zugleich.

„Es ist einfach", sagt Filin, „wenn du es nicht tust, wird es dir nicht gelingen, den Schlüssel mit zurückzunehmen zum Labyrinth."

„Auf die Idee wäre ich nicht gekommen. Aber, was sitze ich noch hier herum, ich gehe und frage den Schlüssel. Oh, ich danke euch beiden."

Während er aufspringt, strahlt er die beiden Libellen an. „Viel Glück für deinen Weg, David", wünscht ihm Samoa und Filin meint noch:

„Es hat uns gefallen, dich zu begleiten."

Beide umarmen David fest und er spürt, dass dies ein endgültiger Abschied ist. Sie schrumpfen auf ihrer Fluggestalt zusammen, umkreisen ihn noch einmal, dann fliegen sie in die Höhe, in das Blau des Abendhimmels und verschmelzen mit ihm. Nun macht sich David auf den Rückweg zur Höhle. Zwar wird er es nicht mehr vor Beginn der Nacht schaffen, aber er will so weit wie möglich in die Nähe der Höhle kommen. Schnell und wendig tragen ihn seine Füße weiter, denn sein Herz ist leicht und zuversichtlich.

Als es dämmert, nimmt er sich, wie er es bei der Drachenmutter gesehen hat, einige Zweige und deckt sich, an einen Baum gelehnt, damit zu. Schließlich ist es Nacht und der Mond verteilt sein mildes Licht über eine dunkel funkelnde Landschaft. Ganz weit entfernt glaubt er den Ruf eines Nachtvogels zu hören, oder was ist das...?

# Auf dem Rückweg

Vogelgezwitscher weckt ihn am nächsten Morgen. Mit einem freudigen Gefühl im Bauch krabbelt er unter den Zweigen hervor und streckt sich ein paarmal. Er lächelt der Sonne zu und nach einem kleinen Frühstück, im Vorbeigehen pflückt er einige Beeren, geht er geradewegs zurück zur Höhle.

„Ach, da ist er wieder, der kleine Menschenjunge", meint die Drachenmutter zu ihrer Tochter, die dicht hinter ihr sitzt und ein paar Blätter kaut.

„Hast du ihn etwa schon wieder verloren?", fragt das Drachenkind.

„Würde ich sonst wohl noch mal hier hinkommen?", antwortet David in gespielt ärgerlichem Ton.

„Ach, ich habe gedacht, du magst uns und kommst nachschauen, wie es mir geht."

„ Du bist wohl wieder gesund, oder? Das ist ja toll!", freut sich David.

„Mm, ja, mir geht es gut, ich habe einen Haufen Hunger", redet der kleine Drache mit vollem Mund,

„Also dann bis später", sagt David und verschwindet wieder in der Höhle.

Den Weg zum Schlüssel um viele Ecken und vorbei an vielen Nischen, kennt er bereits sehr gut, so dass er kaum mehr darauf achtet. Als er zum Schlüssel kommt, spricht er zum ersten Mal laut mit ihm:

„Hm, also ich wollte sagen, Quatsch, ich meine...", er macht eine Pause und „ja, ich bitte dich, mich zu begleiten, mir zu helfen, Karto aus dem Labyrinth zu befreien. Darf ich dich mitnehmen?"

Er bleibt einen Moment stehen, wartet, ob der Schlüssel ein Zeichen erkennen lasst. Als alles so bleibt, geht er schließlich und berührt den Schlüssel nur leicht, wie die beiden ersten Male. Wie auch jedes Mal davor fällt der Schlüssel auf den Steinboden vor seine Füße. Langsam hebt er ihn auf, flüstert ein „Danke" und hofft, dass er diesmal in seiner Hosentasche bleibt.

Nun kann er also endlich seinen Rückweg beginnen, Richtung Drachentor. Er hat es eilig. Überstürzt, hastig wünscht er der Drachenmama und dem Drachenmädchen alles Gute, winkt ihnen zum Abschied und stürmt los, seinen Blick auf die massiven Felswände in der Ferne gerichtet.

Es ist ein Gefühl wie etwa, sich zu freuen, gleich zu Hause zu sein, das ihn beschwingt. Er geht und geht, schaut zwischendurch, ob er noch in die richtige Richtung geht, und läuft zielstrebig weiter durch einen Wirrwarr von Pflanzen, niedrige Sträucher, Moose. Er kommt auf einige Lichtungen, wo Früchte und Nüsse in Fülle zu finden sind. All diese Üppigkeit, dieses Strahlen der Farben im warmen Sonnenlicht, das glitzernde, sanfte Grün, diese aus feinstem Licht gewobene Welt, nimmt er nur noch am Rande wahr.

So fixiert auf das Gebirge, kommt David auch schnell voran. Die Sonne hat sich bereits dem Horizont genähert, als er die ziemlich zerklüftete, steinige Felswand erreicht. Der Berg ragt steil vor ihm auf. Doch vereinzelt wachsen Sträucher, sogar kleine Bäume, an denen er sich vielleicht festhalten kann, und er entdeckt viele Vorsprünge, weshalb das Klettern nicht so schwer sein dürfte. So weit er sehen kann, gibt es keinen einfacheren Weg über den Berg, eher wird der Felsen an den anderen Seiten, links und rechts von ihm, noch steiler. Obwohl es ihn drängt, will er lieber bis zum nächsten Morgen warten.

Heute Abend kann er nicht schlafen, weil er viel zu aufgeregt ist. David lauscht in die Nacht, die diesmal sehr dunkel ist, und fühlt sich so allein. Ängstlich kriecht er ganz dicht unter die Zweige und schmiegt sich dabei an einen Baum. Er hört es leise rascheln und schreckt davon ein paarmal hoch.

In seiner Hosentasche berührt er den Schlüssel und nimmt ihn kurz heraus. Matt und kühl schimmert er ein ganz klein wenig in seiner Hand.

Eigentlich findet er es schon seltsam mit diesem Schlüssel, der zugleich wie eine Blume, ein Kreuz und ein Schwert aussieht, nicht so einfach mitgenommen werden kann und dann aber wie ein ganz normaler, schlichter Schlüssel erscheint.

Langsam wird David doch müde. Gerade noch schiebt er den Schlüssel in die Hosentasche und schläft ein. Der Aufstieg beginnt am nächsten Morgen. Vorsichtig, sehr aufmerksam klettert er Stück für Stück hinauf und kommt schließlich ohne weitere Zwischenfälle oben am Berg an. Hier stehen viel mehr Bäume, als er geglaubt hat. Sie leuchten in herbstlichen Farbtönen, goldenbraune Blätter, tiefe, warme Rottöne, alles mit einem leichten Glanz überzogen. Diese Farben lösen eine Flut wohliger Wärme in David aus.

Jedoch ist der Bergrücken unerwartet schmal. Ein kleines Stück weiter stößt er auf einen Weg, der um den Berg herumführt, eng und steinig, so dünn ausgetreten, dass er kaum seine Füße nebeneinander setzen kann.

David folgt diesem Weg, entlang eines Abhangs, der zu seiner rechten Seite nach einem kleinen Stück steil bergab fällt. Tief unten am Fuß des Berges erkennt David einen Fluss. Er geht langsamer, versucht sich so weit wie möglich links zu halten. Ängstlich blickt er immer wieder hinunter zu dem Fluss, der jetzt durch eine enge Schlucht fließt.

Plötzlich, völlig unerwartet bricht ein großes Stück Erde aus dem Rand des Weges ab und stürzt in die Tiefe. David kommt ins Straucheln, rutscht zuerst mit dem rechten Fuß ab, verliert auf dem weichen Boden und den losen Steinen den Halt, kann sich aber in letzter Sekunde an einer langen, freiliegenden Baumwurzel festkrallen.

Zu seinem Entsetzen und mit einem laut geschrieenen „Nei..in" sieht er den Schlüssel fallen und schließlich über den Rand des Abhangs hinaus in die Tiefe stürzen. Für einen winzigen Moment scheint ihn alle Kraft zu verlassen.

Mühselig, ganz langsam zieht er sich an der Wurzel hoch, robbt auf dem Bauch zum Weg und bleibt dort liegen. Gerade sein Leben neu geschenkt bekommen, liegt der kleine Junge da, unfähig sich zu bewegen, unfähig zu denken.

Niemand weiß, wie lange David liegen bleibt. Irgendwann steht er auf und läuft wie betäubt mit starrem Blick den Weg weiter. Er merkt gar nicht, wie der Berg allmählich flacher wird und in eine weite Ebene übergeht. Hier finden sich hauptsächlich einzelne Baumgruppen, unterbrochen von sich im Wind leise wiegenden, hohen Gräsern. Erschöpft geht David bei einer dieser Bäume in die Knie.

„Warum lässt du das zu? Wieso hast du mich geschickt?", schreit er zornig gegen den Himmel. Er wirft sich auf die Erde, krallt sich mit den Händen darin fest, als wolle er mit ihr selbst ringen. All seine Wut und Verzweiflung liegen darin.

„Ich will nicht mehr, ich habe genug, soll doch ein anderer den Schlüssel holen.

Hörst du mich?"

Es gibt keine Antwort für David. Alles bleibt still.

„Wo bist du, warum sprichst du nicht mit mir, Sternenfee", seine Worte werden weniger und nun sitzt er da, am Ende. Eine ungeheure Schwere drückt seinen Oberkörper nach vorn. Seine Ellbogen auf die Knie gestützt, lässt er den Kopf hängen, leer. So vorne übergebeugt, ein Häufchen Nichts, beginnen seine Tränen zu fließen. Leise, die Wangen runter, sammeln sie sich am Kinn und tropfen unbeachtet zur Erde, immer mehr Tränen kommen, fließen über sein Gesicht.

Er will gar nichts dagegen tun, sondern lässt die Tränen laufen.

Er hat alles gegeben und jetzt, so kurz vorm Ziel, durch einen winzigen Ausrutscher hat er alles verloren, ist alles umsonst gewesen. Vielleicht hat er sich schon zu sicher geglaubt.

Es ist mittlerweile fast dunkel geworden. Eine seltsame Stille hat sich ausgebreitet. David kommt es so vor, als halte die Welt einmal den Atem an. Sein Herz klopft kräftig. Er betrachtet die Umgebung, die Welt, die für einen kurzen Augenblick genau im Gleichgewicht ist. Ein kleiner Augenblick totaler Ruhe und genau in diesem Moment fällt ein Stern vom Himmel, Sternenstaub verschließt Davids Mund und das Sternenlicht legt sich oben auf seinen Kopf und ist nicht mehr zu sehen. Aber spüren kann er das Licht, das ihn beruhigt.

Da endlich fasst er wieder Mut, ohne zu ahnen, dass der Sternenstaub seinen Mund versiegelt hat, sodass er nicht mehr reden kann. Erstmal will er nur schlafen und vergessen.

Regen weckt ihn am nächsten Morgen, als es noch dämmrig ist. Der Himmel ist voller tiefhängender, grauer Wolken. David fühlt sich schwer und er hat nichts, um sich gegen die Nässe zu schützen. Er macht sich einfach auf den Weg, wobei er hofft, bald das Drachentor sehen zu können.

# Innen und Außen

So kommt es jedoch nicht. Nach einiger Zeit Fußmarsch über matschigen, aufgeweichten Boden ahnt David, mehr als er es sieht, dass in einiger Entfernung noch ein Gebirge auf ihn wartet. Seine Sicht ist durch den regen-verhangenen Himmel ziemlich eingeschränkt. Vielleicht, so denkt er, ist dort das Drachentor.

Kurz danach ist er den Kitzelwichten in die Falle gegangen.

Ihre Erscheinung und auch ihre Wesensart haben eigentlich so gar nichts mit ihrem Namen zu tun. Sie sind Schattengebilde, die sich ständig neu formen, mal große bedrohliche Fratzen, mal unheimliche Augen, monströse Hände, und sie sind immer zu ganz, ganz vielen Kitzelwichten unterwegs. Haben sie erst einmal einem Opfer aufgelauert, fallen sie zu Hunderten über es her, drohen, kratzen, zwicken, beißen, pieksen, und je mehr ihr Opfer sich wehrt oder schreit, umso mehr Kraft bekommen diese Gebilde, blähen sich auf und wachsen ins Übergroße. Während sie den 'in die Falle Gegangenen' quälen, versuchen sie, so viel wie möglich über das gefangene Wesen herauszukitzeln, um vielleicht noch mehr zu erfahren, zum Beispiel Geheimnisse über andere, verborgene Schätze oder irgendwelche interessante Entdeckungen oder einfach nur Geschichten. Davon leben sie. Die Angst der Opfer gibt ihnen Leben.

Also, David ist eben diesen Unholden begegnet. Sie zwicken, schubsen ihn, kratzen, spucken. Sie reißen ihn an den Haaren, verdrehen ihm Arme und Beine, um zu erfahren, wer er ist und was er in dieser Gegend hier zu suchen hat.

„Na, Junge, wer bist du? Hast wohl was Wichtiges vor, so allein unterwegs in so 'ner einsamen Ecke, he? Also sag' schon, was suchst du hier? Bestimmt willst du zum Drachentor. Kommst von weither, so wie du aussiehst...?"

Mit allen möglichen Fragen, ihren Sticheleien und Grobheiten wollen sie ihn zum Reden bringen, wie schon viele vor ihm.

Vielleicht wäre es ihnen auch gelungen, nur hier kommen sie nicht weiter, sie erhalten keine Antwort von David. Der leidet zwar, aber kein Laut kann über seine Lippen, er schweigt einfach, da der Sternenstaub seinen Mund verschlossen hält. Da halten die Kitzelwichte plötzlich inne und betrachten David wütend:

„Kannste nicht reden oder was?

He, du, wir haben dich 'was gefragt...", sie treten und schlagen ihn, und als David auch dieses Mal nicht antwortet, verblassen sie allmählich und lassen ihn liegen.

Er ist schlimm zugerichtet. Seine Augen sind angeschwollen, am Kopf hat er eine kleine, blutende Wunde, seine Beine sehen völlig verschrammt aus. Er scheint tief zu schlafen.

David innen drin träumt, dass er auf einer grünen, bunten Blumenwiese steht, das Licht wie früher Morgennebel in der Sonne so hell. Als er gerade losgehen möchte, bemerkt er auf seiner linken Seite, am Rand der Wiese unter niedrigen Bäumen ein fremdes Wesen. Er fühlt es erst nur, dass es da ist. Sein Blick versucht, dieses Wesen zu erkennen. Da stürmt etwas Weißes, überaus hell Strahlendes auf ihn zu. Ohne Furcht betrachtet er es, worüber er sich selbst wundert. Ein wildes, mächtiges Pferd läuft auf ihn zu, schneeweiß und mit wehender Mähne.

Es ist ein Einhorn. Etwas oberhalb, zwischen den Augen leuchtet ein Horn, es erstrahlt und an der Spitze funkelt es wie ein pulsierender Stern. Da hat es David schon erreicht und bleibt direkt vor ihm stehen, berührt mit seiner Hornspitze Davids Brust.

Sofort durchströmt ihn warmes, sanftes Licht, breitet sich in seiner Brust aus und dann in seinem ganzen Körper. „Folge mir", hört er in sich die Stimme des Einhorns. Es geht voran und schlägt einen Weg ein, der sie abseits der Ebene, der grünen Wiese, in das Gebirge führt.

Außen liegt David bewusstlos da und der Bär findet ihn so, wie die Kitzelwichte ihn zurückgelassen haben. Der Bär nimmt ihn hoch und trägt ihn ein Stück weit über die Ebene, dann am Waldrand entlang, bis zu seiner Höhle am Fuß des Gebirges. Dort legt er ihn zunächst in die Höhle, in eine windgeschützte Ecke und bleibt bei ihm sitzen.

Davids Seele folgt dem Einhorn, das ein Stück vorläuft und dann immer wieder auf David wartet. Er fühlt sich leicht, wendig und kann gut laufen. Er scheint kein bisschen verletzt, nichts tut ihm weh.

„Wohin bringst du mich?", ruft er dem Einhorn zu. „Geduld, du wirst es bald erfahren", vernimmt er in sich die Antwort.

Sie folgen einem schmalen Gebirgspfad, ganz eng und steinig, höher und höher schlängelt sich der Weg hinauf. Hier wächst fast nichts mehr, der nackte Stein ragt aus der Erde empor und sie klettern noch weiter in die Höhe. Mühelos geht David hinter dem Einhorn her, ganz gebannt von der wilden Schönheit des Tieres. Sie erreichen die Schneegrenze, weiß bedeckte Berggipfel ragen in die Wolken hinein, die, vom Wind geschoben, weitertreiben.

Trotz des Schnees spürt David keine Kälte, was ihn allerdings auch gar nicht wundert.

Der Pfad führt schließlich zu einer Bergspitze.

Dort kann der Junge, im Näherkommen, ein steinernes Haus erkennen. Es erinnert ihn von der Form her an einen Pilz, hat unten eine Öffnung, um hineinzugehen, und oben ein rundes Dach.

Als David die letzten Meter zu diesem Häuschen betritt, sieht er, dass man von hier direkt auf eine Kette aus hintereinander liegenden Bergspitzen blickt, jede Spitze ist der höchste Punkt eines gigantischen Gesteinsmassivs.

Sie alle enden hier, hier, an der Grenze der Zeit, wo das Eis regiert und der Wind wohnt.

„Hier ist das Zuhause von Rufer", spricht das Einhorn. „Er ruft die Seelen unserer Ahnen, unsere Ahnungen, Begleiter über die Grenze der Zeit hinaus."

David hört dem Einhorn staunend zu und guckt jetzt wieder zum Pilzhaus hinüber.

„Ich verlasse dich jetzt", sagt das Einhorn, läuft einmal im Kreis um David herum und ist verschwunden, ehe David etwas antworten kann.

„Auf Wiedersehen", flüstert David und unsicher geht er langsam auf das Häuschen zu. Vorsichtig steckt er den Kopf in die Öffnung. Drinnen sitzt ein Mann, mit einem jungen Gesicht, aber weißen Haaren, die so lang sind, dass sie wie ein Poncho um ihn herum zur Erde herabfallen. Er sitzt da mit verschränkten Beinen auf dem Boden. Die Augen des Mannes sind geschlossen und seine Hände halten seinen langen, weißen Kinnbart.

„Setz dich", hört David eine Stimme in seinem Kopf. Etwas zögerlich kommt er dieser Aufforderung nach und betrachtet Rufer dabei genau.

Das Häuschen besteht aus nur einem Raum, kreisrund und außer der Eingangsöffnung gibt es noch zwei Fensteröffnungen. Die Wände und auch das Dach sehen aus, als seien sie aus einem einzigen Stück hellem Stein gehauen. Der Boden ist mit feinem ockerfarbenem Sand bedeckt und in der Mitte des Raumes liegt eine strahlende Kugel in einem Steinkreis.

Von ihr geht dieses helle Licht aus, was zugleich das ganze Häuschen zu wärmen scheint, denn drinnen ist es gemütlich und angenehm warm, obwohl ja draußen Schnee liegt. Jetzt erscheint es David so, als verwandele sich der Kinnbart Rufers mit jedem Atemzug des Mannes in eine Art Almhorn. Doch es ist, als ob er den Ton des Horns mehr fühlt als hört. Er vernimmt nur einen feinen Hauch eines ziemlich tiefen Tones, spürt zugleich eine wellenartige Bewegung der Luft, unsichtbar.

Dieser sich wiederholende, lang anhaltende Ton verbreitet sich über die Kette der aufgereihten Berggipfel und schwappt von hier aus über die Grenze von Raum und Zeit.

David, ganz verzaubert von dem, was hier geschieht, verspürt plötzlich den Wunsch, vor das Häuschen zu gehen. Eine Woge wohlwollender Wärme umfängt sein Herz.

Er traut seinen Augen nicht, vor ihm erstrahlt die Gestalt seiner Oma, die Großmutter, die erst vor einiger Zeit gestorben ist. Lächelnd, in einem einfachen Gewand steht sie vor ihm. Hinter ihr, etwas seitlich sieht er eine männliche Erscheinung, es muss sein Großvater sein, den er nur vage von Photos kennt, die ihn freundlich anblickt. Beide sehen so aus, als seien sie aus Licht gewebt. Seine Oma hält ihm die Hand entgegen:

„Hallo, David, was suchst du denn hier, du hast doch noch so viel Zeit, mein Kind. Geh weiter zum Drachentor, du hast es bald geschafft, und nimm dieses kleine Licht mit, es wird dir helfen."

Sie hält in ihrer Hand eine winzige Glaslaterne an einem Band, die Laterne leuchtet hell, sehr hell. Glücklich und freudestrahlend nimmt David dies kleine Geschenk entgegen und hängt das Licht um seinen Hals und unter sein Hemd.

Da umarmt ihn seine Großmutter, drückt ihn liebevoll an sich und er hat das Gefühl, eine Ewigkeit einfach nur so diese Umarmung genießen zu wollen. Er fühlt sich bei ihr sicher und geborgen.

„Nun geh´ ruhig", sagt sie und in ihrem Gesicht sieht er ein aufmunterndes Lächeln. Beide Großeltern drehen sich jetzt um, langsam, um zu gehen, seine Oma winkt ihm noch einmal zu und der Großvater zwinkert ihm zu, dann verschmelzen beide vor seinen Augen mit dem weißen Schnee und den grauweißen Wolken.

Der Bär in seiner Höhle, hat dem kleinen Jungen ein Lager aus Zweigen und Ästen gebaut. Nachts ruht er neben ihm und wärmt den verletzten Körper. Von im Wasser getränkten Moos gibt er David zu trinken und teilt Nektar mit ihm. In den Abendstunden oder auch so manchmal sitzt er einfach nur neben ihm, hält ihn im Arm und wiegt ihn mit seinem wuchtigen Körper hin und her und brummt dabei. Mehrere Tage und Nächte vergehen, David bleibt bei dem Bär, weil er noch immer bewusstlos ist.

Noch eine Weile starrt David dorthin, wo eben seine Großeltern gestanden haben. Ein großer Teil von seiner innerlichen Angst, von seinen Kämpfen gegen Schatten und Zweifel ist von ihm abgefallen.

Zutiefst dankbar für diese Begegnung, fühlt er sein Herz strahlen und bereit, weiterzugehen, auch wenn er nicht weiß, was ihn erwartet, und er den Schlüssel nicht mehr hat. An diesem, für ihn fast heiligen Ort spricht er ein leises „Danke".

Und obwohl er seine Oma und den Großvater nicht mehr sehen kann, bleibt ein Gefühl, als spreche seine Großmutter noch zu ihm, dass sie in seinem Herzen immer bei ihm sind.

David dreht sich nun wieder zum Häuschen Rufers um und blickt noch einmal hinein. Der Mann sitzt da wie zuvor, nur dass seine Hände den langen Kinnbart losgelassen haben und er anscheinend in tiefen Schlaf versunken ist. David will ihn nicht stören, lieber leise gehen, als er Rufers Stimme innen drin in sich selbst vernimmt, so wie er es das erste Mal bei den Delphinen erlebt hat.

„Das Einhorn wartet bereits auf dich. Lebe wohl, David."

„Ja, danke, ich danke dir", spricht David fast tonlos, dreht sich um und läuft hinaus.

Tatsächlich ist das Einhorn schon draußen und wartet. Wie beim ersten Mal betrachtet er es sehr genau, dieses helle Strahlen, was von ihm ausgeht, diese ungeheure Lebendigkeit. Freude erfüllt Davids Herz, dass er diesem Wesen überhaupt begegnet. Ihr gemeinsamer Rückweg zur Ebene ist nur sehr kurz und mit einer flüchtigen Abschiedsgeste ist das Einhorn auch schon wieder verschwunden.

David steht noch einen Moment lang verträumt da und schaut ihm mit einem wehmütigen Ausdruck in den Augen hinterher.

Nach ungefähr vier Tagen bemerkt der Bär, dass der Junge unruhig wird. Die Wunden sind beinahe verheilt, er will ins Leben zurück. Behutsam nimmt er ihn mit seinen großen Tatzen vom Lager auf, trägt ihn aus der Höhle und bringt ihn schließlich dorthin, wo er ihn gefunden hat. Noch bleibt er ein bisschen in seiner Nähe, um auch sicher zu sein, dass David nichts passiert. Der Bär, hinter Sträuchern verborgen, beobachtet ihn und wartet.

Und tatsächlich - nachdem das Einhorn gegangen ist, bewegt sich der zuvor bewusstlose David, als habe er eigentlich einfach nur ein wenig geschlafen, und erwacht.

Hat er nur geträumt, fragt er sich. Wo ist er? Ist er eingeschlafen? Er sieht nicht den großen Braunbären, der zugesehen hat, wie David aufsteht, und dann selbst zu seiner Höhle zurückkehrt.

David fasst an seinen Hals und atmet erleichtert auf. Da ist die kleine Laterne, das Licht seiner Großeltern. Er hält sie kurz in der Hand, staunend, wie winzig sie ist, aber trotzdem so strahlend hell, selbst jetzt am Tag.

Also ist es kein Traum gewesen, sondern er ist wirklich seinen Großeltern begegnet. Lächelnd schiebt er das Licht wieder unter sein Hemd, während er allmählich auch seine Umgebung wieder richtig wahrnimmt.

Ach ja, er ist über die Felsen hochgeklettert und dabei ist es passiert, der Schlüssel, er hat ihn verloren, daran erinnert er sich nun.

Bei diesem Gedanken überkommt ihn direkt eine lähmende Schwere und für einen kleinen Moment ist er sehr traurig. Was passiert wohl jetzt mit Karto, kann er ihm vielleicht irgendwie anders helfen, mag sein, dass seine Reise doch einen Sinn macht, auch wenn er es in diesem Augenblick noch nicht versteht.

Er berührt das Licht der Großeltern und spürt sofort die Wärme, die ihn erfüllt, wenn er an die beiden denkt.

Darin liegt soviel Kraft und Helligkeit. David guckt sich um. Seine Augen wandern über die offene Ebene, über Gräser und Bäume. Er weiß eigentlich nicht, in welche Richtung er gehen soll. Die Sonne steht bereits hoch, ein paar dünne Wolken ziehen langsam an ihr vorüber, ohne ihr Licht großartig zu trüben. Also geht er einfach los.

# Das östliche Drachentor

Wie lange mag er gelaufen sein, da wird die weite Landschaft zunehmend hügeliger und in einiger Ferne ragen hohe Berge empor. Niedrige Fruchtbäume oder Sträucher wachsen jetzt dichter zusammen, was dafür sorgt, dass es für David immer schwieriger wird, den Weg zu erkennen, Als er an eine Abzweigung kommt, beschließt er, eine kurze Pause zu machen, weil er unsicher ist, welchen Weg er nehmen soll. Zwei Wege tun sich vor ihm auf und er setzt sich und ist ganz still.

Welcher ist wohl der Richtige, gibt es überhaupt einen richtigen Weg?

Der Pfad rechts ist ein längeres Stück überschaubar, die Bäume stehen in größeren Abständen, sodass zwischen ihnen reichlich Licht in den Wald hinein scheint. Auf der linken Seite geht es steil bergab und schon bald kann das Auge den Weg nicht weiter verfolgen. David sieht nur so viel, dass er sich in unübersichtlichen Kurven in die Tiefe schlängelt und schließlich von alles durchdringender Dunkelheit verschluckt wird. Angst und Zweifel krabbeln Davids Bauch hoch und halten sein Herz fest. Es scheint ihm nicht mehr möglich, eine Wahl zu treffen. Er sitzt da, blickt auf den rechten Weg, und auch, wenn er so einfach aussieht, ist David misstrauisch. Die andere Seite wirkt eher abschreckend, irgendwie drohend, düster.

Was soll er tun? Warten, worauf? Einfach entscheiden und hoffen? Was ist, wenn er nun den falschen Weg nimmt und nicht zum Drachentor gelangt?

All diese Fragen rasen durch seinen Kopf und er sitzt nur da und starrt vor sich hin.

Plötzlich bewegt sich das Gestrüpp vor ihm und schlagartig wird ihm bewusst, dass sich gerade vor seinen Augen, wie durch einen Zauber, ein kleiner, schmaler Pfad auftut. Kräuter, Dornensträucher, kleine Bäume und Büsche rücken beiseite, wo vorher ein undurchdringlicher Wald gestanden hat, eine verflochtene Hecke, sieht David nun einen Weg, wie ein Flüstern nur, und doch weiß der Junge, dies ist der richtige Weg für ihn. Sein Herz schlägt kräftig, gibt ihm einen Ruck, als wolle es ihn aufmuntern, endlich loszugehen. Seine Beine setzen sich daraufhin ohne zu zögern in Bewegung, während er selbst noch staunt.

Obwohl er nicht genau weiß, warum, fühlt er sich nun leichter. Instinktiv ahnt er, dass dies wirklich der letzte Abschnitt seiner Reise ist.

Es hat begonnen zu regnen, der Boden ist weich und er kommt nur langsam voran. Der Weg ist eng und rechts und links geht es immer steiler bergan, sein Pfad führt weiter hinab. Er kommt in eine Schlucht, wo die Berghänge an den Seiten das Licht verdunkeln, und schließlich steht er vor einem Tunnel. Nach vorn gibt es nur diesen Tunnel, ansonsten ist er umringt von hohen, steilen Felsen.

Bleibt ihm ein anderer Weg? Soll er zurückgehen? Gibt es ein Zurück?

Eine große Schwere liegt auf seinem Herzen. Er blickt noch einmal in den Himmel, wovon er nur einen winzigen Ausschnitt hoch oben zwischen Bäumen sehen kann. Ja, er weiß, es gibt nur diesen Weg.

Langsam geht David in den Tunnel, dessen Ende er nicht sehen kann. Hier, am Anfang des Tunnels, kann er noch gerade stehen und nur an einer Seite berührt seine ausgestreckte Hand die Felswand. Sie fühlt sich kühl und feucht an, glatter Stein.

Tastend läuft er weiter. Es wird recht schnell enger und er geht schon etwas gebückt.

Bald ist es nur noch möglich, auf Händen und Knien zu kriechen, so niedrig ist die Höhlendecke. Wie lange noch? David fragt sich, wie lange er dieses Gefühl noch aushalten kann. Eng und schwer umgeben Erde und Stein ihn völlig. Ganz langsam und tief geht sein Atem, seine Hände tasten, erspüren den Weg. Seine Augen können nichts sehen und er hört nur sich selbst, wie er atmet.

Manchmal muss er einfach anhalten, weil sein Herz so laut klopft vor Angst, dass er glaubt, die Erde beginne von dieser Erschütterung, dem Trommeln und Jagen seines Herzens zu beben und werde ihn begraben.

Es ist der einzige Weg gewesen, der ihm geblieben ist. Tief in seinem Inneren ahnt er, dass der Tunnel nicht so lang ist, er kann es schaffen. Zentimeter für Zentimeter kriecht er vorwärts.

Die Luft ist dünn. Immer wieder fliegen Fragen und Gedanken an ihm vorbei, über diese Reise, über Karto, über sich selbst. Zweifel wollen sich von seiner Energie nähren, seine Kräfte drohen ihn zu verlassen. Ganz kurz lässt er den Mut sinken. Es gibt kein Zurück, nur ein Vorwärts oder ein Aufgeben. David hält an und holt die kleine Laterne seiner Großeltern hervor. Er betrachtet das Licht, es flackert erst unruhig, dann leuchtet es hell und David kriecht weiter.

Er glaubt fest daran, es gibt einen Ausgang irgendwo zur anderen Seite, da ist Licht und Wärme.

Die kleine Lampe strahlt noch heller, als wolle sie ihn in seinem Glauben bestärken. Er krabbelt weiter, noch ein Stück und noch ein paar Meter.

Ja, er erkennt, dass sein Glaube seine Chance ist, denn sonst wird er von der Erde, seinen Stimmungen und Ängsten erdrückt.

Da - da, da vorne, ist da nicht ein klitzekleiner Lichtpunkt? Ja, er sieht es ganz deutlich, da muss ein Ausgang sein. Nur sehr zögerlich wird der Lichtfleck ein bisschen größer. Er jubelt innerlich und es geht ihm nun alles viel zu langsam. David versucht, schneller zu kriechen, aber nein, das geht nicht, es ist einfach zu eng. Also nur das gleiche Tempo wie vorhin, Stück für Stück.

Die letzten Meter erscheinen ihm wie die schlimmste Qual. Dann, endlich, endlich erreicht er den Ausgang, das Licht, kriecht aus dem

Tunnel ins Licht und stürzt dabei hinab, fällt zusammen mit einem ohrenbetäubenden, donnernden Wasserfall in die Tiefe, in einen schimmernden See. Das Wasser ist warm, frisch und klar. Es sprudelt um ihn herum, dicke Luftblasen steigen auf und David, der noch völlig geschockt ist, weiß gar nicht mehr, wo er ist. Erst allmählich nimmt er seinen Körper wieder wahr, versucht zu schwimmen und schafft es, die Wasseroberfläche zu erreichen. Hustend und nach Luft schnappend taucht er auf und schafft es, an den Rand des Sees zu schwimmen, der immer flacher ausläuft, mitten in eine Höhle.

Eine Weile liegt er nur da und ringt keuchend nach Atem, bemüht, sich von diesem Sturz zu erholen.

Während er sich schleppend aufrichtet, ist er auf einmal ganz gebannt von dem Anblick, der sich ihm bietet. Nicht nur der See leuchtet in allen erdenklichen Farben, sondern in den hellen Höhlenwänden funkeln und glitzern überall Steine, kristallene Steine in Grün, Smaragdgrün, Gelb, Orange, Rot, Blau und Violett. Er dreht sich um. Hoch oben sieht er das Wasser von der Felswand herunter fließen, laut tosend stürzt es in den See. Der Ausgang des Tunnels muss irgendwo dahinter liegen.

Obwohl man meinen könnte, dass es hier dunkel sei, ist es wirklich hell, wahrscheinlich von den Steinen, wie David vermutet.

Immer noch staunend über diese große leuchtende Höhle, wendet er seinen Blick zu allen Seiten und bemerkt, dass hinter der Felswand auf der rechten Seite gelb strahlendes Licht schimmert. Ist das der Ausgang, es kann ja sein.

Bedächtig, langsam auf dem feuchten, kalten Höhlenboden geht er auf das Licht zu, um die Felswand herum, in der Erwartung, nun endlich vor der Höhlenöffnung nach draußen zu stehen. Dabei schaut er überraschenderweise einem Drachen direkt in die schlafenden Augen.

Schnell hält David sich den Mund zu, um seinen Schrei zu ersticken. Dieser Drache ist ja noch viel riesiger, größer als die Drachin am Höhleneingang der Trauminsel. Das Drachentor, natürlich, das östliche Drachentor. Er hat geglaubt, es sei wirklich eine Art Tor. Dabei bewachen ja die Drachenmutter und ihre Tochter auch einen Eingang. Wieso hat er nicht daran gedacht?

Zu spät.

Er spürt den Atem des Drachen an seinen nassen Armen. Ein Angstschauer überläuft ihn.

Jetzt öffnet der Drache langsam sein linkes Auge und guckt David lange und genau, prüfend an.

David schluckt und hält den Atem an.

Da fängt der Drache an zu lachen, dass sein riesiger Körper wackelt und das Lachen von den Höhlenwänden zurückdonnert. Er lacht, lacht ein tiefes, herzliches Lachen und David fühlt sich von den Wogen des Lachens geschaukelt.

Sein Gesicht verwandelt sich in ein breites Grinsen und schließlich fängt auch er an zu lachen. All die Sorgen, die Schwere und die Ängste fallen augenblicklich von ihm ab. Lachend erzählt der Drache ihm, dass diese Steine, die so funkeln, die Schätze der Erde sind.

„Es sind die Sterne der Erde, ihr inneres Licht. So bleiben Himmel und Erde im Gleichgewicht. Du kannst sie betrachten und berühren, nur darfst du sie nicht mitnehmen. Du pflückst ja auch keine Sterne vom Himmel. Nur wenige Menschen finden in ihrem Leben einen solchen Stein, der sich mitnehmen lässt, wie Sterne manchmal vom Himmel fallen. Du hast ein gutes Herz und Mut. Ich bewache diese Höhle am Ende der Insel der Träume und betrachte die Seelen, die die Insel besuchen. Diejenigen, die ihr Herz suchen oder bereit sind, es zu finden, behandel' ich, nach genauer Prüfung, freundlich. Die, die nur die Schätze der Erde wollen, für sich allein, schlage ich in die Flucht.

Ich spucke Feuer, nehme ihnen den Atem und lasse die Erde beben. Der Reichtum unserer Erde ist für alle da, du musst ihn teilen, sonst zerstört er dich."

„Was ist denn mit dem Schlüssel?", fragt David erstaunt.

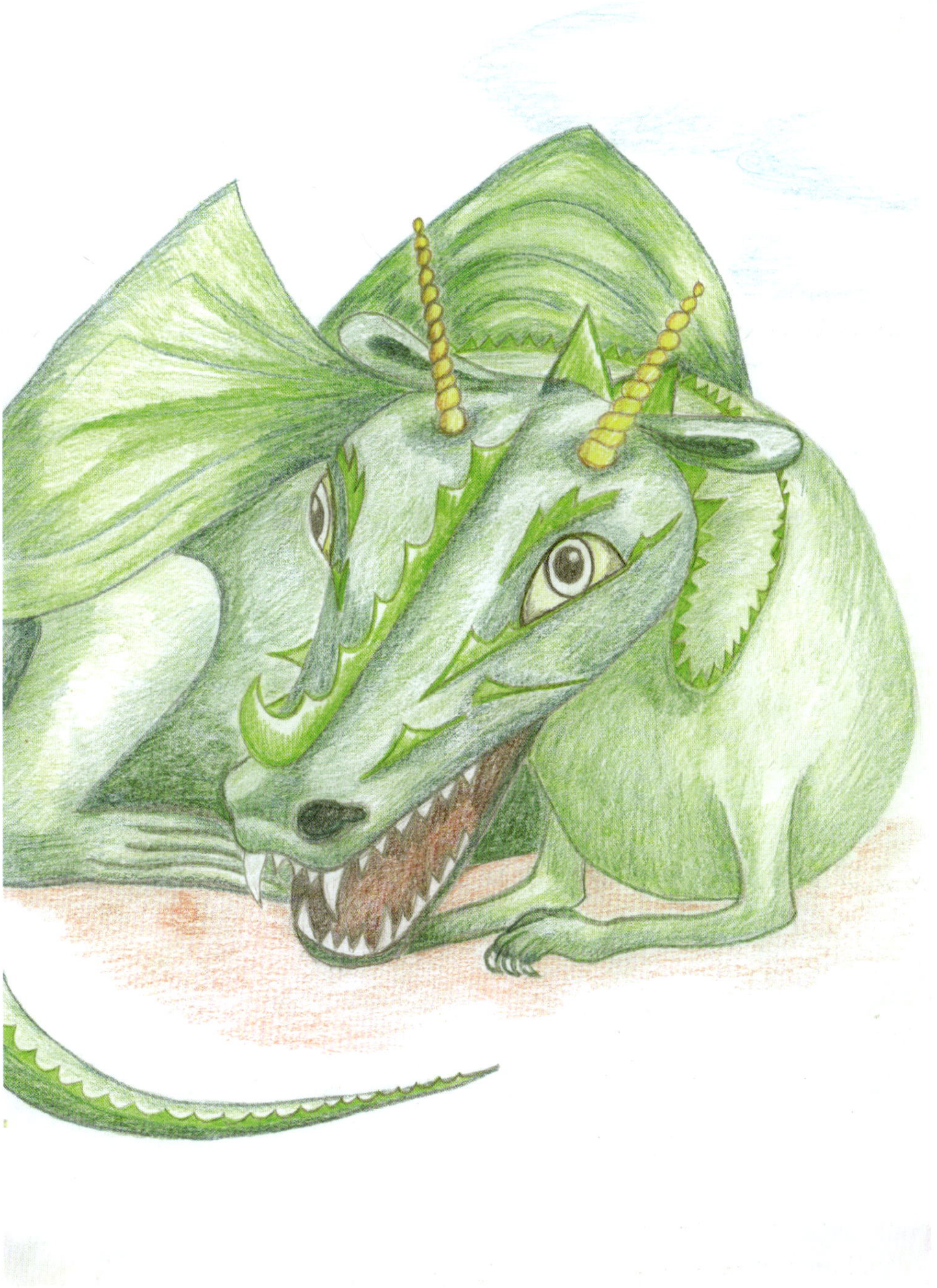

„Den Schlüssel brauchst du nicht mehr. Du selbst hast ihn vor langer Zeit hier gelassen, um dich an deine Seele zu erinnern. Auf der Suche nach dem Schlüssel bist du den Weg zu deinem Herzen gegangen."

„Und was ist mit Karto und dem Ungeheuer?", will David weiter wissen.

„Karto und der Menschenstier sind frei. Sie haben dir geholfen, den Mut in deinem Herzen zu entdecken, dich zu befreien und wieder lebendig zu fühlen. Du bist bereit, auf dein Herz zu hören, an dich selbst zu glauben und darauf zu vertrauen, dass das Leben es gut mit dir meint", erklärt ihm der Drache.

„Hmm, sag' mir noch, wieso ich eine Blume, ein Schwert, ein Kreuz und den Schlüssel gesehen habe, ja?"

„Es gibt immer viele Möglichkeiten, die Dinge zu sehen, je nachdem von wo aus du guckst. Die Blume steht für alles Schöne, für die Liebe im Herzen und für das Leben selbst. Das Schwert steht für den Frieden oder das Kämpfen und das Kreuz steht für das, was du glaubst.

Der Mittelpunkt des Kreuzes ist das Zusammentreffen von Raum und Zeit, der Augenblick des Seins, das Jetzt. **Du** bist der Brennpunkt zwischen deinen Vorfahren und deinen Nachkommen, du bist dieser Moment.

Und ein Schlüssel kann dir Türen öffnen, neue Wege und Ideen zeigen. Du bist es, der jeden Augenblick neu wählt."

„Das ist alles?", findet David und weiß zugleich, dass es genau das ist.

„Ja, das ist alles", erwidert der Drache noch immer lachend.

„Und noch etwas, David, vergiss nicht zu lachen."

David erwacht in seinem Bett, lachend und mit einem Gefühl, als sei er neu geboren. Neben sich, auf dem Stuhl, sieht er seine Hose liegen und auf dem Fußboden sein Handy.

Die kleine Scheibe ist zerbrochen.

noch mehr seelenvolle (Kinder)-Bücher
bitte umblättern

## Helene
## und die Geheimnisse des Lichts

ISBN 978-3-89568-263-6, Pb. S. 202

## ...wenn die Seele Märchen erzählt

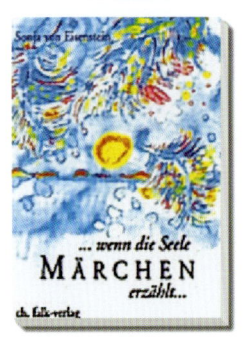

ISBN 978-3-924161-71-2, Pb. S. 142

## Die Zauberkuh

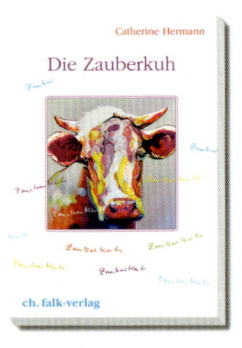

ISBN 978-3-89568-298-8, Pb. S. 157